梦中书屋

陈国清 著

中国言实出版社

图书在版编目(CIP)数据

梦中书屋 / 陈国清著. -- 北京：中国言实出版社，
2024. 12. -- ISBN 978-7-5171-5004-6

Ⅰ. I247.5

中国国家版本馆CIP数据核字第2024JZ7850号

梦中书屋

责任编辑：史会美
责任校对：王君宁

出版发行：中国言实出版社

　　　　地　　址：北京市朝阳区北苑路180号加利大厦5号楼105室
　　　　邮　　编：100101
　　　　编辑部：北京市海淀区花园北路35号院9号楼302室
　　　　邮　　编：100083
　　　　电　　话：010-64924853（总编室）　010-64924716（发行部）
　　　　网　　址：www.zgyscbs.cn　　电子邮箱：zgyscbs@263.net

经　　销：新华书店
印　　刷：北京铭传印刷有限公司
版　　次：2024年12月第1版　　2024年12月第1次印刷
规　　格：880毫米×1230毫米　　1/32　　7.875印张
字　　数：150千字

定　　价：56.00元
书　　号：ISBN 978-7-5171-5004-6

目 录

一、刘姓人家

在川北山区的农村里，住着一户农家，男的叫刘东明，女的叫王金凤，老两口养育了三个儿子，取名叫刘文山、刘文海和刘文川。老大给姓李的一家当了上门女婿，老二在辽宁海城当兵，现在留在老两口身边的只有老幺。

刘文川初中刚毕业，十五岁，一米五几的瘦小个儿，长得眉清目秀，不大爱说话，性格有点内向。

他没有读成高中，那时读高中不兴考试，也不是以分数多少来录取，而是以表现和家庭成分来确定，不过学习成绩也要考虑进去。刘文川在班上学习成绩属于中等偏下，表现也不是那么突出，成分是上中农。他们那年毕业了两个班，一个班四十多人，一共有八九十人，两个班上去上高中的十三人。八九十个学生中只招十来个，他没有读成高中，这也是预料之中的事。

他是多么想读书啊！

没有读成高中，但他并不想放下书本就这样碌碌无为地过一生。在读初中时他就爱上了课外阅读。他读的第一本书是小说《草原烽火》，接着读了《林海雪原》《闪闪的红星》等一些当时很流行的书，这些书对他来说太有吸引力了，经常读得手不释卷、废寝忘食，他说今后他还要读更多的书。

刘东明给生产队里养猪，养猪是一个很不错的活儿。集体生产时，队里把劳动力管得很紧，白天出了工，晚上还要出夜工，根本就没有多少属于自己支配的时间。饲养猪可以自由安排时间，晚去早走没人管，只要把猪饲养好了就行。他每天把猪喂了，腾出更多的时间来搞家庭副业，毋庸置疑，刘东明对这份工作很满意，对生产队队长心存感激，稍微有点好的东西就忘不了他。

在他家屋后有一块十多平方米的瘠薄地，刘东明利用了两个冬天和一个夏天的闲暇时间，从七八百米的干堰里背土倒在地里。堰里的土有机质含量高，地里有了一层厚厚的肥土，种什么出什么。第一年种的牛皮菜、地边栽的南瓜和地岩边插的丝瓜，除了人畜吃外，还背到场镇上去卖了不少，以补贴家用。此外，近邻和队长也送了一些。地边的南瓜睡满了，岩边上的丝瓜吊了长长短短大大小小一坡，别人看了羡慕不已。

一个阴沉沉的冬日下午，刘东明气喘吁吁地背了扎扎实实一大背牛皮菜回来。这菜有五六十斤，上面搭了一条半新不旧的包帕，被遮得严严实实的。他将菜放到阶沿边对妻子说："到了半天下午，你找文川把这一背菜给队长家里背去。"

"好的，你放到那里，我知道了。"妻子说。

与刘文川一起初中毕业的，或比他毕业早的，没有哪一个是待在家里的。那些毕业的初中生，要么集体出工挣工分，要么出门跟师傅学手艺去了。集体出工每人每天挣五六分，出门学手艺三年不给生产队缴钱，因为他们年龄小都是学徒，没有收入。刘文川既没有出工挣工分，也没有出门跟师傅学手艺，而是整天待在家里。他有时候在家里看看书，看时间长了他母亲就叫他把牛牵出去放。他父亲对他不闻不问，视而不见。母亲心疼儿子，三顿饭做好了就去喊他。有时儿子聚精会神地读着书，母亲陪坐在旁边。

刘东明夫妇没有读过书，不识字，但夫妻俩对读书人有一种非同寻常的羡慕和尊敬。可是当下并不重视教育，老大、老二正读书时遭遇了"文革"，老幺连高中都读不成，看来他们刘家三个儿子想进学校继续读书恐怕彻底没戏了。

刘文川不这么认为，他想，只要人活在这个世上就要读书，考不上高中，那就自学，通过自学来获取知识。

母亲走到儿子面前，生怕惊动了儿子，轻言细语地说："你爹让你半天下午把牛皮菜背到队长家里去。"她怕儿子伤面子又叮嘱说:"像上次那样,这道坡上去,快要到队长家时,你把菜放到田埂边,队长家里会有人来背的。"

十多天前,他给队长背过一次菜。

"嗯。"儿子半天从鼻孔里应了一声。

儿子答应了,母亲这才离开忙她的事去了。

刘文川在给他二哥写信,信中写道:

亲爱的二哥:

当我给你写这封信的时候,我初中已经毕业了,我没有读成高中。二哥,我没有读成高中很难过,我做梦都想进学校去读书,看来现在是没有机会了。但我不想放弃学习,我想通过自学来改变自己的命运。那么自学些什么呢?我感到很迷茫,找不到方向。想来想去,我认为文学之路比较好,当然这条路是很难走的。天下无难事,只怕有心人,那我就试试吧!希望二哥理解我,支持我,给弟弟打打气。

爹妈的身体很健康，望二哥勿念。

弟：文川

1973 年 8 月 23 日

他把信装在一个牛皮纸信封里，贴上邮票就想马上寄出去。他家离场上只有两三里路。

"妈，我给二哥写了一封信，我去把信交了回来就给队长背去。"

"好的文川，你快去快回。"

不到一个小时他就回来了。

到队长家有一里半路程，全是爬坡上坎，刘文川歇息了三次才把一大背牛皮菜背到离队长家不远的田埂上。队长家里的狗狂吠个不停。听到狗叫，队长和他女儿出来了。

队长叫赵永志，与刘东明年纪相仿，矮矮的肥胖身材，面慈心善，办事公道，不徇私舞弊，歪风邪气敢管，关心群众疾苦，他与群众的关系处理得很好，用鱼与水来比喻是再恰当不过了。女儿赵圆圆，在家排行第四，她前面是两个姐姐和一个哥哥。

赵圆圆十七岁，一米五六的个子，长得白白胖胖的，性格泼辣。她没有多少文化，读了还不到两年书。

"文川，到家里去歇歇吧！"赵队长看刘文川背得汗流浃背忙招呼道。

"不歇了，赵叔叔！"刘文川拎起衣服擦着脸上的汗说。

"文川，你回去向你父母说，就说我赵永志谢谢他们了！"

"用不着谢，赵叔叔、圆圆姐，我走了。"刘文川很有礼貌地打完招呼就疾步如飞地往家走去。

父女俩目送着他。

二、老兵

刘文川并没有回家，他要去找一个人，那人叫周定魁。周定魁在解放前当过兵，转业后经战友介绍在警察局当了一名警察，后来因工作突出晋升为驻所副所长。据说有一次，一位姓葛的教授家里的字帖、名画和古董被盗走了不少，葛教授非常愤慨和沮丧，心急如焚。葛教授所住的城区就属周定魁他们管辖。周定魁接过案子后，极为重视，对该辖区内的人员进行了仔细排查，不放过任何蛛丝马迹，认真分析案子，夜以继日地工作着，很快就把案子破了。在破案中，周定魁看到葛教授家里有数不胜数的藏书，羡慕不已。周定魁将葛教授家里被盗了的东西如数交到他手上。这使得葛教授感动不已。为了酬谢周副所长，葛教授拿了三根金条给他。周定魁没有接受。葛教授请他吃饭，他婉言谢绝道："葛教授，谢谢您的好意，您不要客气，这是我们当警察的职责所在。我有个不情之请，还望您成全。您家里的藏书我想借来看看。"葛教授见他提出这点不算是要求的要求，立刻面带笑容地说："周所长，没有想到您还是一位热爱学习的青年，怪不得您的境界如此之高，葛某小看您了，佩服，佩服，家里书多得是，不用借，送给您几箱就是了。"说完便吩咐家里用人找马车运了五大箱子书交给了他。周定魁喜不自禁。他将书带回单位，在工作之余如饥似渴地阅读着。正因为周定魁喜欢看书，看问题比别人看得透彻，思想境界比一般人高，不像其他官员见钱眼开，对老百姓敲诈勒索。别人当官发了财，可他当了几年驻所副所长，除了吃饭，寄钱给家里、买了一些书籍外，身上的钱也就所剩无几了。中华人民共和国成立后，周定魁用马将几箱书驮回了家。他不是一个吝啬之人，只要有人借他的书，看了还他，他是欢迎的。如果谁要是借了不还，或是弄破损了，他会不依不饶。周定魁由于书读得多，懂的事多，在当地称得上是"百事通"，所以队委会推荐他当农业生产技术员。他不仅当了农业生产技术员，还兼任气象观察员，很受群众欢迎和爱戴。

一个星期天的早晨，刘文川与周新锐同在马洞坡上放牛。马洞坡，面积有三四十亩，正中央有一洞，洞口好像怪兽张开的嘴，里面有三四间屋那么大，不知哪朝哪年过兵，部队在坡上放过马，洞里拴过马，由此得名马洞坡。集体生产时，生产队在马洞里制过土化肥、种植过蘑菇，周定魁在那里当过七八年技术员。马洞坡像梯田一样，从河下到山上全是一个连一个的荒台，大的有半亩面积，小的只有几平方米，那些荒台没有长树木，全是绿油油的青草，有些荒台中间和边沿生长的是一些荆棘，四处没有庄稼，是一个天然放牧的好地方。

周新锐是周定魁的第二个儿子，比刘文川大两三岁，两人同班，他同样没有读成高中。他个子比刘文川稍高点，但长相一般，脸上还有几颗"蚊子屎"，在他父亲的熏陶下，也喜欢上了阅读。

他在看一本厚厚的变了色的书。

"你看的什么书？"刘文川好奇地问。

"《西游记》。"周新锐仍然低头看着书。

刘文川听说过《西游记》，书里讲的是唐僧带领三个徒弟到西天去取经的故事。他把牛绳一丢，走到周新锐面前。

周新锐见刘文川来了，双手把书交给了他，说："你拿去看吧。"

"谢谢！"刘文川接过书感激地说。

《西游记》是繁体版，许多字他都不认识。

离他们约八九十米的一个坡台上，有几丛荆棘上缀满红艳艳如豌豆般大小的野果，十多只小鸟在叽叽喳喳贪婪地啄食着那些果子。周新锐目不转睛地盯着红艳艳的野果，向那边走去。那些小鸟见有人来了，扑棱棱地飞走了。他在那里摘着小果子放入口中，小果子并不好吃，酸溜溜的，有些还很涩，他没有吃几颗就到别的地方去玩了。坡上像一个很大的娱乐场所，玩的东西可多了。刘文川聚精会神地在那里翻着书看，即便是大部分繁体字都不认识，但他还是认认真真地看着。

两头牛已经吃饱了，一头牛在那里反刍，另一头牛在那里懒洋洋地吃着草。

"我们回家吧。"周新锐说。

刘文川半天才从书里回过神来，极不情愿地说："好吧。"

刘文川对书爱不释手，对周新锐说："你能不能把书借给我看几天？"

"不行，"周新锐说，"如果你一定要借，我跟父亲说说看，也许他会同意的。"

刘文川见周新锐不借也就没有勉强，他俩各自把牛牵回去了。

第二天，刘文川急不可耐地就去借书了。

周新锐的父亲很爽快地答应了，他说只能借给他两个月的时间，两个月后必须还他。刘文川满口答应着，拿着书欢呼雀跃地走了。

书借回来后，他一字一句地反复阅读，边阅读边琢磨，用了二十多天时间，半生不熟，总算囫囵吞枣地看完了。

书看完没几天，公社社教组一个姓何的中年同志下队检查工作，赵队长将何同志带到刘文川家里来，那天他出去了，只有母亲在家里。刘东明家是军属之家，时不时就有干部到他家里来慰问，看生活上和经济上有没有困难，还需不需要什么帮助。当何同志在他家看到一本老式线装《西游记》时，拿在手上如获至宝地翻阅着，走时对王金凤说：

"王大姐，这本书我带走了，看完了拿来还你。"

"那书是我儿子的，不知道他在哪里借来的，他回来了我怎么向他交代啊？"王金凤说。

"没关系的，你就说工作组那个姓何的同志借去了。"何同志说。

王金凤便不好说什么了。

刘文川回来听母亲说书让工作组的何同志拿去了，急得捶胸顿足地说："妈，那书怎么能让他拿去，这是我从周新锐父亲那儿借的啊！"

"我跟何同志说过，他听不进去，这叫我怎么是好呢！"母亲愁眉苦脸地对儿子说。

刘文川连忙赶到队长家里，赵队长说，何同志早已回公社了，他又心急火燎地赶到公社，公社人说，何同志回县上开会去了。

何同志在县里开了七天会，刘文川每天都要去公社一两趟。

等到何同志回来，刘文川十分激动，问书的事，何同志摸了摸头说："哎哟，我把书拿回去放在家里了！"

何同志没有把书带回来，刘文川苦苦哀求道："何叔叔，我求求您，那书是我向别人借的，您可千万不要给搞丢了啊！"

何同志见那书对刘文川如此重要，便对他说：

"小刘，你放心好了，不会搞丢的，下次回城给你带来就是了。"

刘文川天天盼望何同志回城，可是他只是口头答应，没有具体行动。

刘文川去公社找到他，问："何叔叔，您什么时候回城去？"

"上面没有通知开会，等开会的时候我再回去。"
何同志说。

眼看借书期限就要到了，刘文川急得六神无主。

盼星星，盼月亮，何同志总算进城去开会了，
开了几天会回来。

何同志对刘文川说："小刘，对不起，书被我妻
弟的妹妹拿走了。"

刘文川听了，半天没有说话，眼泪簌簌地从他
那俊秀的脸蛋上滚了下来。

还书时间到了，周定魁见刘文川没来还书，便
吩咐儿子去拿。刘文川把情况向周新锐说了，周新
锐十分生气地说："我怎么向父亲交代呢？"

周新锐回去将书被工作组何同志借去了的事原
原本本地向父亲说了。

周定魁大发雷霆，怒气冲冲地去找刘文川。

他来到刘文川家，找到他劈头盖脸就是一顿训
斥，说："你这个臭小子，我好心好意把书借给你，
你怎么让别人拿去了？你不把书给我要回来我跟你

没完！"

"周叔叔，这是我的不对，我一定给你要回来！"刘文川胆怯而惭愧地说。

刘文川只好再次去找何同志。

那天他没有找到何同志。

周定魁几乎十天半月就要到刘文川家里来一次，每次来，刘文川总是提心吊胆的。

半年后，何同志把书送来了，刘文川心里悬挂着的一块石头总算落下来了。

他急不可待地将书还给了周定魁，并发誓再也不向他借书了。

过了几天，周定魁竟又主动找到刘文川，和颜悦色地对他说："刘文川，你要看什么书，欢迎随时来借。"

刘文川一段时间没有书看，心里犹如猫抓似的难受，想来想去，他又到周定魁那里去借了一本《封神演义》回来。这次再不像上次那样将东西随便放了，他专门腾出来一口木箱，买了一把锁，出去时就把书锁在箱子里。

刘文川很讲信用，书一看完就拿去还了。

转眼有一年多没有向周定魁借书了，今天他想去试试看。

周新锐在塘子里洗蚕架。他家院坝有两个塘子，一个是用来淘菜和淘红苕用的；一个是用来洗衣服的。洗衣服那个塘子里撒了厚厚的一层石灰，塘子里的水白酽酽的，里面放了许多还没有洗完的蚕架。没有洗的蚕架上一股死蚕气味，臭得钻心。院坝边上堆放了一排排洗得干干净净的蚕架，洗了的蚕架不再有任何的怪味和臭味。

他没有看到周定魁。

"有人找我爸爸，出去了，一会儿就回来。"周新锐洗了一个蚕架扛在肩膀上问，"你是不是又来跟我爸爸借书？"

刘文川刚才背菜身上的汗水还未干，低着头嘿嘿地笑了笑说："算你说对了，我是来借书的，你父亲还借给我吗？"

"只要你讲信用，我想父亲会借给你的。"周新锐肯定地说。

刘文川也帮他洗蚕架。

蚕架还没有洗完，周定魁就回来了。

"周叔叔好！"刘文川放下蚕架，毕恭毕敬
地说。

"你又是来借书的吗？"周定魁慢条斯理地把络
腮胡捋了捋说，"这次借给你一本《三国演义》，借
条打好。"

"好的，看完后我一定及时归还，谢谢周
叔叔！"

周定魁将书给他拿了出来，刘文川写好了借条，
拿着书飞快地跑回了家。

三、乔正家

刘东明养公猪的地方是在一个大院子，那里曾经是地主乔国军的豪宅，整个房子有二三十间，占地面积接近十亩，新中国成立后，没收了他家的财产，充了公，现在除了他一家人住外，还住了七户人，七户就有五户不同姓。公猪圈原来是乔国军家里的后花园，成立人民公社时，生产队在那里修了一排养猪房。

乔国军20世纪50年代末就去世了，留下妻子和四个未成年子女。他的大儿子叫乔正家，在四个子女中排行老二，只读到小学四年级。

乔正家的姐姐已经出嫁了，照顾家的重担便理所当然地落在了他的身上。可他一心扑在书上，耽误了不少事，母亲和弟弟、妹妹对他很有意见，说他的不是。不管母亲和弟弟、妹妹怎么说，他毫不在意。有一年农忙刚过，他母亲把麦子背到磨坊磨面，转身借牛去了，叮嘱儿子到磨坊去看麦子，以防遭鸡糟蹋。可儿子根本就没有去，当母亲把牛借回来时，一群鸡把麦子扒了一地。那些年粮食紧缺，母亲见鸡糟蹋了粮食，气不打一处来，骂了儿子一个狗血淋头，这还不解气，又用牛条狠狠地打了儿子一顿。儿子摸着被母亲打痛了的身子，趔趔趄趄，使性跑了，几天不回家。他母亲和弟弟、妹妹又气又急，好不容易才把他找回来，他一回来就提出要分家。这可把他母亲气坏了，对儿子劈头盖脸就是一顿臭骂，弟弟、妹妹也极力反对，说他的不是。他为了达到分家的目的，经常在家里耍赖摔东西，几天不吃不喝、寻死觅活的，他母亲没办法，只好找亲戚来教育，然而这些都是徒劳的，他母亲百般无奈，只好妥协与他分了家。

那年他刚满十六岁。

独立生活的他，首先要学会生活自理，如做饭、洗衣、缝缝补补等。除此以外，他还要饲养一头猪，不养猪就没有肉吃。集体出了工，家务收拾完，喂了猪，他才有时间坐下来看书。

他记忆力惊人，只要看过的书，牢记不忘。出工时他口若悬河、滔滔不绝地给别人讲书里的故事，不论男女老少，都喜欢跟他在一起干活。不过，他也因讲故事耽误了事，受到过作业组长的严厉批评，还扣过他几次工分。

乔正家与刘东明的关系不错，刘东明时不时地将猪吃不完的东西送他一些。乔正家得了他的好处，心存感激，比如刘东明一人做不了的活，找他帮帮忙，他也会满口答应，且做得一丝不苟。

几年后的一天，刘东明在公坡上砍柴，忙不过来，吩咐儿子帮他背几趟，儿子满口答应了。

刘文川上午背了两趟，下午还有三趟。刘文川对父亲说："爹，可不可以将柴送一些给乔正家，我想在他那里借几本书看。"

"可以，"刘东明不假思索地叮嘱儿子，"千万不要被人发现了。"

见父亲同意了，他乐不可支地说："爹您放心好了，别人是不会知道的！"

乔正家的妻子姓汪，叫汪丽丽，人长得很漂亮，一米六几的个儿，丰胸细腰，凤眼桃嘴，温柔贤惠，知书达理。

"东明叔，请坐，吃饭没有？"见是刘东明和刘文川，她客气地招呼着。

"乔正家在家吗？"

"在家，东明叔有事吗？"乔正家从厨房走了出来。

"刘文川初中毕业两三个月了，他喜欢看书，听说你家里有不少藏书，他想借几本拿回去看看。"他向外面看了看，见外面没有其他人，这才轻声地在他耳边说，"擦黑时，我让文川给你背一背架子柴来。"

那个年代烧柴与粮食一样紧缺。

乔正家看了看父子俩，谨小慎微地说："谢谢东明叔、文川小兄弟，书可以借给你两本，你们是知道的，我家成分不好，那些书可以说全是禁书，倘若外人知道了，我得吃不了兜着走。"他转头对刘文川说："你爱看书，这是好事，读书可以明事理、通古今，还可以学到很多知识，你把书看完后归还给我就是了。"

下午乔正家和汪丽丽还要出工，刘文川下午背了三趟柴，最后一趟天黑了才去背的，直接背到了乔正家家里。

乔正家夫妇留刘文川吃了晚饭，同时还留他住宿。乔正家家里只有一架床铺，他吩咐妻子跟母亲睡，他与刘文川睡在了一起。那天晚上，乔正家把他与妻子汪丽丽结成伉俪的经过讲给了刘文川听。

他说，二十三岁那年，生产队派他去修石滩水库。石滩水库是全县列入十年规划的一项重大水利工程，水库分东坝和南坝，他被分到东坝。当时去的民工，一个公社编为一个连，他们编为十三连，与十连和十四连同在一个工地。

十四连有一位中年男子，大家叫他汪营长。汪营长叫汪开龙，个子不高，但长得结实，一双浓浓的眉毛下嵌着一对炯炯有神的眼睛，你可别小看了这人，他有一身了不起的武艺。

十三连和十四连住在一个大院子里。一个夏天的中午，吃饭休息时，汪营长坐在一家大院子里的一根柱头旁，那柱子合抱粗，房梁上双檩双挂，卯榫结构，严丝合缝，结实的程度可想而知，他微笑地对周围的人说："我来试一试当年的武艺还在不在。"说罢，运了几口气，脸不变色，心不跳，用手轻轻地拍了一下柱头，只见柱头顿时移走了有二指宽，房架和房上的瓦"吱嘎、吱嘎"地响了起来，周围的人，尤其是乔正家，先是看得目瞪口呆，之后便是一阵喝彩声。他见这个人了不得，想方设法与他套近乎，吃饭干活都跟他在一起，休息时也主动去找他聊天。

他通过与汪营长接触，发现汪营长是一个性格耿直豪爽、和蔼可亲的人。乔正家问汪营长的武艺是从哪里学来的，汪营长说，他八岁时就跟一个姓贾的师傅学习武艺，整整学了八年，十六岁就去当兵了。凭他一身武艺，在部队里很吃香，一到部队就当上了班长，两年后被提升为排长，排长只当了不到一年就被提升为连长。他说他当上营长是因为他们营长在一次战役中牺牲了，他顶了营长的职。他说他从军十五年，参加过上百次战斗，多次负伤，每次都是死里逃生。说着就脱掉衣服让乔正家看他身上的伤疤。他身上的疤痕有好几处，背上一处，胳膊一处，腿上两处，最厉害的是背上那处。汪营长说，那一处差点要了他的命。那是1941年秋天，在一次对日作战中，双方打得异常激烈，他被敌人的一颗子弹射中了，身上一阵麻木，后来就失去了知觉，当他醒来时已经是第八天了。他在后方医院治疗了三个月，伤好了又回到前线。

乔正家对眼前这位抗日英雄心存敬意！汪营长对乔正家的印象也不错。经过长时间的接触，他俩便成了忘年交。汪营长给他讲战斗故事，乔正家就给他讲《隋唐演义》。

汪营长在水库做活一年多，乔正家几乎天天给他讲故事。

汪营长从来没有见过有这么能讲故事的年轻人。

每半年有一星期的假期，假期中，汪营长把乔正家带到了家里。

汪营长住在离乔正家家三十多里一个叫汪家边的地方。汪营长家是一个四合院，一共有十二三间房，他说是他在当营长期间修建的。汪营长跟儿子只住了一半，另外一半被生产队征去了。汪营长家里只有老伴和一个女儿。他有两个老婆，没有当兵时，在家里娶了一个李氏，她给他生了一个儿子。在部队时又娶了一个，女人姓吕，给他生了一个女儿，取名丽丽。孩子一岁时新中国成立了。在人民解放军攻打济南时，他成了俘虏，吕氏听说他家里还有一个女人，就拒绝跟他回四川，他只是把女儿丽丽带了回来。

他回来后，儿子已经长成半大人了，妻子风韵犹存。光阴荏苒，一晃一二十年过去了，儿子长大成人，结婚安了家，日子过得有滋有味，丽丽也已经长成大姑娘了。

丽丽长得很漂亮，给她介绍对象的来了一批又一批，但她一个都没看上，直到现在亲事还没有定下来。

乔正家到了汪家，汪营长的夫人和女儿汪丽丽见到这个文质彬彬的小伙子，打心眼里喜欢。

乔正家看到美丽的汪丽丽，有些不好意思，他缩手缩脚地站在那里。

"师娘好！丽丽好！"乔正家毕恭毕敬地说。

"快坐下来喝茶！"汪夫人爽快地说。

"我来给你们添麻烦了。"他不好意思地说。

汪丽丽带他到了屋里。

乔正家很拘束地坐在一把老式木椅上。

汪丽丽从厨房里端来了一壶开水，开水瓶外壳是用细篾编成的，很精致，她拿了一个杯子，抓了一撮干酸菜在里面倒上开水后，羞羞答答地说："请喝茶！"

"谢谢！"乔正家小心翼翼地接过她手中的茶杯。

汪丽丽迈着碎步笑吟吟地走了出去。

乔正家一个人在屋里喝着茶。

中午饭很简单，那时生活普遍就是那样：红薯稀饭，两盘素菜，几块泡咸菜。饭菜虽然简单，但大家都吃得津津有味。

乔正家在汪营长家里很拘束，他以往在别的地方，不是这样，对人说话总是滔滔不绝，可到了汪营长家里反而口拙了，什么话也说不出来。

他来到屋后，背后是山，鸟雀在悬崖峭壁的树上啾啾鸣啭，天空中云卷云舒，空气格外清新。挨近房屋三四十米，有一股刀把粗细的山泉从石槽里流到一口大石缸里，汪家就在里面淘菜、淘红苕和洗衣服。水缸下面铺的是青石板，从水缸里溢出来的水流淌在青石板上发出"哗哗"的声响，然后又销声匿迹地流向了巴茅丛里。

汪丽丽和母亲淘着菜，汪营长和乔正家在离她们四五米处的一张石圆桌旁坐在小凳上喝着干酸菜茶聊天。汪营长的话多，天南地北滔滔不绝地说个不停，乔正家的话少，他整个下午说的话没超过三句话。

母女俩淘完了菜，汪丽丽拿起树上挂的防水的披肩准备去背菜，乔正家二话没说先去背了，汪丽丽不要他背，汪营长说："丽丽，让正家背吧。"

见父亲这么说，汪丽丽把披肩递到乔正家面前说："刚淘过的菜水多，你把披肩披上！"

汪丽丽递给乔正家披肩的一瞬间，她的脸涨得绯红。

晚上，汪营长让妻子杀了一只鸡，煮了一刀腊肉，准备了一桌菜，他要好好招待这个年轻、聪明、帅气而又有才华的忘年交。遗憾的是家里没有酒。

"欢迎你到我家里来，今天没有好酒招待你，在此，我以茶代之。"汪营长说着端起茶杯与乔正家碰起杯来。

饭桌上，汪营长一家人频频给乔正家夹菜，乔正家吃了不少，对汪营长一家人的盛情招待感激不尽。

饭后他们聊天，聊了大半夜，看来汪营长一家人对乔正家有非同一般的好感。

那天晚上乔正家失眠了，他认为汪丽丽比他看的哪一本书里的女子都要美。

第二天吃了早饭，汪营长带着乔正家转塝，这个塝汪姓比较多，故此取名汪家塝。乡亲们见汪营长带了一个英俊潇洒、文质彬彬的青年，都认为那是丽丽的对象，男女老少一窝蜂似的出来看热闹，有些还详细地问这问那，比如，问小伙子姓什么，家住哪里，家里有几个兄弟姐妹，父母亲在干什么，他在干什么工作，等等。汪营长只说是他的一个朋友，其他什么也不说。乔正家跟在汪营长后面，默默无言，好像什么也没有听见似的。

汪营长将乔正家带到汪家塝的一个挺嘴上。说是挺嘴，其实是一座山梁，那山梁极像个刀背，很是陡峭，海拔四五百米，正梁上是一条大路，从山底一直到山顶。他们这里场镇都在山梁上，山底下的人要赶场都要从那梁上经过。乔正家来的那天，不逢当场天，只是偶尔有一两个人经过，那些人走在上面，从远处看，显得很渺小。如果逢当场天，络绎不绝的人背着背篓的、手提东西的走在上面，就像蚂蚁搬家似的，一长串往前移动。

"这条路太险要了。"乔正家与汪营长坐在一块石头上感叹地说。

"山下的人赶一次场，很不容易。"汪营长说。

"这下面的人太苦了。"乔正家说。

他俩转了一上午塝，下午乔正家准备回了。

乔正家回到家，一个人觉得孤独无聊，只在家里待了一天就回到了水库。

他在水库除了结识了汪营长外，还结交了一位叫张小波的炊事员。张小波的年龄与他相仿，矮矮的个子，方脸膛，他很爱听乔正家讲故事，可以说到了痴迷的程度。除汪营长外，乔正家是不会白白给人讲故事的。张小波的父亲是区食品站会计，为了讨好乔正家，他时不时拿几斤肉票交给乔正家，故此，乔正家手上经常有十多斤肉票，那十多斤肉票对他来说弥足珍贵，他拿去换了酒票、粮票和布票。

假期满了，汪营长回到了水库。自从乔正家去了汪营长家里，他俩更加亲密无间，有时像亲兄弟，有时又像父子俩。有一次汪营长得了盲肠炎，病情危急，是乔正家找张小波等人火速背汪营长到医院动了手术，这才挽救了他的生命，手术的第二天才通知汪营长家里人。由于路太远，只有汪营长的大儿子和女儿汪丽丽来了。

汪营长的儿子和女儿到了医院，乔正家和张小波等人便回到了水库。

一个月过后，汪营长出院回家了。

不多久乔正家也请了假，他割了三斤肉，打了一斤酒，还给汪丽丽缝了一套天蓝色的衣服来到汪家。汪营长一家人见乔正家来了，还带来了那么多礼物，个个笑逐颜开、喜之不尽。

汪家表明了态度——他们一家人都看上了这个小伙子。其实乔正家第一次来汪家，汪丽丽就喜欢上了他。

汪丽丽的父母确定了女儿的婚事。

有道是，天上无云不下雨，地上无媒不成亲。为了把这门亲事说成，汪营长找他儿媳妇来做媒。

汪营长的儿媳妇姓冯，叫冯玉云，已是两个孩子的母亲了，但依然好看。她把乔正家叫到一边，仔仔细细打量了一番，笑眯眯地说："小乔，你第一次到我们家里来，丽丽就喜欢上你了，爹妈对你的印象也不错，尤其是公公，对你赞不绝口，说你聪明，看的书多，知书达理，又勤快，心肠好，他们托我把丽丽介绍给你，你意下如何？"

乔正家求之不得，打心眼里高兴，激动之情溢于言表，羞羞答答地说："只是我兄弟姊妹多，家里贫穷。只要丽丽不嫌弃，我没有意见。"

冯玉云把话带给了他们一家。

当天晚上，算是正式定亲，鸡鸭鱼肉摆了一大桌，汪营长把儿子儿媳和两个孙子喊了过来。

通俗定亲，女方家先到男方家，而他们定亲是男方家先到女方家。

第二天乔正家回去了，他把定亲的事告诉了母亲。

母亲听说儿子订了婚，打心眼里高兴，一家人都在为他的亲事忙碌地做着准备。

三天过后，乔正家把岳父岳母、汪丽丽和冯玉云，以及两个孩子接了过来。

乔正家母亲看着如花似玉的媳妇，心里乐开了花。

汪家人在乔家待了两天就走了。

乔正家回到了水库。汪营长没有去，汪丽丽代替了她父亲。汪丽丽在水库参加了基干民兵，他俩十天半个月才见一次面。水库修了三年半，工期一结束，他俩到公社办理了结婚证。婚事很简单，乔正家给汪丽丽买了两套衣服，汪家给女儿陪送了五六箱嫁妆。

乔正家讲完了他的故事，已经夜深人静了。

第二天乔正家借给了他两本书，一本是《增广贤文》，另一本是《百家姓》。

走时他把两本书紧紧地抱在怀里，如获至宝，一阵风似的跑回了家。

四、供销社职工

　　刘东明见那块地给他带来了不少好处，又在另一个地方开了一块荒地，约三四十平方米，种上了花生。苦心人，天不负，当年花生获得了丰收，产出了一百多斤，一家人喜不自禁。除了留了一半外，剩余的刘东明吩咐儿子背到供销社收购门市部去卖，卖了的钱大部分拿回来，少部分让他拿去买书。刘文川高兴得手舞足蹈。

　　刘文川家离乡场只有二里，他把父母早已晒干了装在皮夹背的五十斤花生背到了乡供销社收购门市部。

供销社收购门市部不在街上，离场还有五六百米，挨近公路边，对面是粮站。供销社收购门市部房子呈"一"字形，中间有一道双扇门，只右边一头开了窗，那里是一间宿舍，其余全部是用青石条码起的墙。青石条上面的錾路均匀细致，清晰可见，整个房子看起来结实坚固。收购员是一个二十来岁的青年，中等偏上个儿，稍胖的身材，方墩墩的大脸，五官端正，剪着平头，他正在打扫卫生。

刘文川来到供销社收购门市部，已是大汗淋漓。他把一夹背花生放在阶沿边，用毛巾擦了擦脸上和身上的汗。

"等一等，我马上就打扫完了。"收购员说。

对面粮站各个大队交公粮的社员来来往往，络绎不绝。有的生产队公粮预先就晒干了，粮食里没有杂物，顺顺当当地就交了。有的生产队不是那样，粮食回了潮，又没有风净，或不是饱满的粮食。那些不合标准的粮食，有的要摊在粮站的坝坝上晒上几个小时，有些甚至要晒一整天。晒干了的粮食用筛子去筛，人人紧锣密鼓，忙得汗流浃背。

供销社收购门市部这边却冷冷清清。

这时又有一妇人背来了半皮夹背花生。

收购员打扫完卫生，走到收购的摊位上。

"同志，先给我收一下。"那妇人眼疾手快地拿过秤。

"这位小同志先来，给他称了才能轮到你。"收购员对那女人说。

"她忙，先给她称吧。"刘文川说。

"谢谢你了，小兄弟，你没事，我们女人家里又有牛又有猪的，还要给小孩喂奶，活路多得是！"她泼辣地说着。

收购员看了看花生，抓了一把拿在手上摇了摇，摇得响的，说明花生是晒透了的，已经脱去了水分；摇不响的，说明花生还没有晒干，没有晒干的花生当然不能收。见花生既干又白，颗粒饱满而且均匀，收购员二话没说，就将那妇女的花生放到机器秤上称，连皮四十四公斤，花生倒在仓库里去称夹背，夹背三公斤，四十四减去三，还有四十一公斤，花生每公斤六角四分，一共二十六元多。收购员把钱支付给了那个妇女。

刘文川正要把花生往收购员摊位上背，二十多个给生产队上征购的社员提着装有花生的蛇皮袋、背着一夹背一夹背的花生齐刷刷地挤在收购门市部。刘文川眼睁睁地被人家挤了出来，足足等了两个多小时收购员才把花生收购完。

"你拿来吧。"收购员支付完最后一人的钱对刘文川说。

收购员已是满头大汗，累得筋疲力尽。

"你先歇歇吧。"刘文川并不着急的样子说。

"好，那我先喝口水，缓缓气再给你称。"说着走进屋倒了一杯开水放在柜台上凉着。就在等开水凉着的那点时间，收购员从抽匣里拿出来一本厚厚的书看。

刘文川感到很惊奇：他也喜欢看书！

收购员看了有五分钟的书，等开水稍稍凉了一些，端起来"咕嘟咕嘟"地喝了一气。他把书放到桌子上，刘文川看书名《驴皮记》，作者是法国现实主义作家巴尔扎克。

"你也喜欢看书？"刘文川惊喜地问。

"说不上是嗜书如命，但也算是一个爱不释手的书虫！"

"来，我给你称。"

"不忙，暂时放在那里，我想跟你说说话。"刘文川有些激动地说。

这时收购门市部里外就只有收购员和刘文川两人。

收购员见这个少年对他看书感兴趣，脸上露出了笑容，问："你爱看书吗？"

"爱看，就是没有书。"刘文川十分委屈地说。

"你不上学吗？"收购员见他矮小的个儿又问。

"今年初中毕业了，没有读成高中。"

"哦，你叫什么名字？家住哪里？家里还有哪些人？"

刘文川一一地告诉给了收购员。

听了刘文川的介绍，收购员极为同情他。

"我叫李超全，千佛公社人，高中只读了一年，父亲硬要我顶他的班，我已经工作三四年了。"他一脸的委屈和无奈，"本来我想把高中读完再说工作的事，可是父亲不同意。为这事，我们两人僵持不下，舅舅劝道：'超全，你要听你父亲的话，他也是为你好呀，要不，你看这样行不行，你还年轻，人生的路是漫长的，你可以自学，工作之余买一些书看，边工作边学习。'没办法，最后我还是妥协了。我从十六岁就参加了工作，为了学习，我除了生活费，工资全拿出来买了书，三四年来，我已经买了几百本书了，这些书绝大多数是中外名著。"

刘文川听了既感动万分，又羡慕不已。

"李哥，你很了不起，说实话，我打算靠自学走文学之路，即便是走不通也没关系，这样也多学了知识。"刘文川激动得几乎要哭了。

"是吗？那太好了，我买这么多书的目的，跟你的想法如出一辙，也想走文学之路，走不通没关系，反正学到了知识。"

"可是，我没有书看。"刘文川垂头丧气地说。

"没问题，书算我的，我这里有的是书，你可以拿去看，只要不把书搞坏弄丢就行。"

听他这么说，刘文川激动得眼泪都流了出来。为了感谢李超全，他只卖了四十斤花生，另外十斤送给了他。李超全无论如何也不要，刘文川死活赖着，假装生气地说："如果你不要，那我就不借你的书了。"

见他这样说，李超全万般无奈，不得已只好收下了。随后从他寝室里拿出三本书，那三本书是苏联作家高尔基的三部曲：《童年》《在人间》《我的大学》。

刘文川紧紧地握着李超全的手，真诚而友好地说："这下我不愁没书看了。"

中午了，李超全到供销社伙食团吃饭，刘文川拿着书兴高采烈地回去了。

刘文川把书拿回去没有看，因为他有一个长远的打算——他要有一个读书的地方。

他家灶房后面有两间房屋，是后来修建的，那两间都与灶房相通。第一间是石屋，走进去凉飕飕的，暗淡无光，这间屋是他父亲一天一天用錾子凿出来的，房上盖的全是青石板。屋里冬暖夏凉，刘东明偏爱这间屋，晚上总是一个人睡在里面。另外一间，修得比较早，是从下面的竹林坡上打的地基，堡坎码得有三米多高。在刘文川七八岁那年，即1965年10月份，当墙筑到提垛子时，"轰"的一声倒了，两个筑墙的和两个挑土的随着墙倒了下去，幸好没有伤到人。倒了的墙，只好再次筑起来。

那间屋修好后，上面做了一个土楼，土楼与灶房地面是平的。刘东明做梦都想有一间瓦房。他们一家人多年来省吃俭用，好不容易才攒了点钱。当地买不到瓦，刘东明还是到四十多里的巴中县花丛公社一个名叫张柏林的地方买回来的。刘文川记得，那年他家请了很多帮工，去背瓦的人很多，天不亮就吃早饭，下午两点多钟才回来。其中有一少年才十三四岁，身体瘦弱，当快要到家时，在一个台阶上小憩。台阶下面是一个阴沟，阴沟有两米多深，里面全是乱石头，他实在是太累了，背架子没有掌稳，倒了下去，只听"哗啦"一声，部分瓦被摔碎了。可怜的少年，见把主人家的瓦损坏了，沮丧极了，惭愧难当，他知道交不了差，"哇"的一声哭了起来，连午饭都不吃，使性跑了回去，无论刘东明怎么喊他都置之不理。

瓦买回来了，可是没有桷子。那时集体生产，什么都是集体的，包括柴山和土地。没有木材做桷子，刘东明从坡上砍来斑竹，将两根斑竹绷起来，量成板桷的尺寸，用稻草搓成小指粗细的绳子，然后缠绕在两根斑竹上当桷子用。屋修建好后，刘东明每天都是乐呵呵的。他请泥瓦匠把屋精细地粉刷一遍，找木匠做了一张桌子和四条板凳，那间屋就成了吃饭会客的屋，下面那一间用来堆放柴火。

刘文川想把下面那间柴房屋腾出来当书房，他下去端详了半天，虽然下面有扇小窗，但里面仍然暗淡无光，给人一种暗无天日的感觉，还有一股霉味，不适合做书房。

他又在几间屋里看了一下，包括那间石屋。其他几间，要么没有地方设置，要么没有窗子，经再三考虑，认为还是那间瓦屋比较合适。

屋里除了一张吃饭的桌子和四条板凳外，空空如也。他想做个临时书架，可又找不到合适的木板。他母亲的床后面有一块厚三四寸、宽二尺八、长两米的木板，有了这块木板，简直把他乐坏了。

木板上落了一层厚厚的灰尘，他把上面的灰尘冲洗得干干干净净。清洗了的木板蜡黄蜡黄的，上面还有一些油节疤。刘文川看着这块上好的木板，喜悦的心情溢于言表。屋里有两扇窗，一扇是朝东的，一扇是朝南的。根据身材高矮，他找来一个大板凳。木板的一头放在板凳上，另一头用錾子把墙壁打了两三寸深的槽，将木板的一端塞进墙壁的槽里。

木板比一张条桌还宽还长，他把家里所有的书都拿了出来。他家里没有什么书，只有精装版《毛泽东选集》一至四卷、一堆小人书和他在乔正家那里借来的《增广贤文》和《百家姓》，以及在供销社职工李超全那里借来的高尔基三部曲。这些书太少了，大多数还是别人的，他多么渴望有一摞码满木板的属于自己的书啊。

他找来一个小板凳，十分惬意地吹了一阵口哨，然后坐在那里专心地看起高尔基的书来。

刘东明和王金凤看儿子用木板当书桌，认真地在那里看书，就悄悄离开了。

刘文川用四五天时间看完了第一部书，那些天，他几乎是夜以继日地看书。他没有接着看第二部，而是去找李超全。

他去找李超全时，李超全刚刚开完职工会议回到门市部。

"李哥，感谢你借给我的好书。"他十分激动地对李超全说，"告诉你一个好消息，我已经有了一个放书的地方了。"

李超全见刘文川乐不可支的样子，说："这几天没有时间，过几天我一定要到你家里去看看。"

门市部跟前有好几个社员买东西，刘文川见李超全忙，向他打了声招呼回家去了。

刘文川期待着李超全到来的那一天。

第五天上午八九点钟，李超全突然找到他家里来了。

"刘文川，刘文川……"

刘文川正在看《在人间》，听到有人喊，走出去一看，原来是李超全，他惊喜不已，连忙把李超全带到了书屋。

李超全来到书屋，在屋里走来走去看了又看，然后伸出头看了看窗外，赞不绝口地说：

"这个屋子做书屋太好了，既宽敞光线又好，窗子外面还有竹林，假若我有这么一间屋，睡着都能笑醒，刘文川你太幸福了。"

刘文川又把他带到那间石屋，说：

"这间石屋是我父亲一人修建的，原来我准备拿它来做书房的。"

李超全来到石屋，在屋子里来回看了几遍，啧啧称赞地说：

"刘文川，这间屋做书房更有特色，石头地面，石头墙，青石板当瓦。哎哟哟，第一次见到，真少见，你父亲太了不起了。遗憾的是这间屋没有窗，如果这间也像那间一样，里面开两扇窗，那就更完美了。"

刘文川又把他带到柴屋。他在下面看了看，端详了半天，兴致勃勃地说：

"刘文川，我认为，下面这间屋更好，首先是清静，读书就是要清静。像我那里，书还没有看上几页，就有人来吵闹、打扰，真是烦死人了。"他摇了摇头说，"不足的是里面光线太暗，如果也像那一间，多开一扇窗，那将是一个独一无二的书屋。"

"李哥，除这里外，我还有几个看书的地方，你跟我来吧。"

他带着李超全从灶房后门出去，外面是一坪斑竹林，中间有一条小路。斑竹林下面是一片茂密的竹林，那片竹林有半亩多，一直延伸到灶房的后面。斑竹林和竹林里都有几块不大不小坚硬的石头，上面长满了青苔。竹林里经常有五六只斑鸠在竹子顶部"咕咕"地鸣叫着，石头上落满了斑鸠屎。

"这里太美了，是读书的好地方。"李超全感叹地说。

大约十点钟，李超全要走了，刘文川留他吃午饭，他说，他们供销社伙食团准备了。

五、大哥

9月17日下午，天阴沉沉的，时不时地下会儿小雨。大约三点多，刘东明从生产队养猪房回来，对妻子说：

"你看，我们忘了一件不该忘记的事，明天是老大岳母的生日，不去不行，我又走不开，这如何是好呢？"

"这一下午了，你怎么不早说呢，我也忘了这件事。"王金凤抱怨道，"咱老两口去不了，只好让文川去，可是这天气又不好。"

"这一下午了，怕走不到家，天就黑了。"刘东明说。

刘东明的大儿子刘文山，现年二十四五岁，在老观区西山公社做了上门女婿。

他的岳父李成均在老观区铁木社当厂长，岳母姓景，名秀英，在大队里当妇女主任。李成均和景秀英没有生育，女儿李明华是李成均在20世纪60年代建公共食堂时捡来的。捡回来时身上穿得单薄，头上的虱子一堆一堆的，瘦得皮包骨，只是一双眼睛亮亮的。他们一家人给她洗了澡、洗了头，找药处理了头上的虱子，换了新衣服新鞋子。

李家生活条件好，没几年李明华就长得白白胖胖的，一晃长成了一个亭亭玉立的大姑娘。结婚那年她刚满二十岁。

两家走动了两三年才结婚，无论是婚前，还是婚后，刘东明每年都要去给亲家过生日，每次去都少不了刘文川。不仅大哥、大嫂喜欢他，李家一家人也特别喜欢他。

李家离刘家有四十多里，要走四个多小时。

刘文川听到父母因工作忙不能去为大哥岳父过生日而发愁，他放下书走了出来说：

"爹、妈，你们忙去不了，我去。"

"可是天不早了呀。"刘东明担心地说。

"我走快点，不成问题。"刘文川说。

刘文川走时想把书带上，又怕搞丢了，借周定魁的书的那次意外，现在回想起来，他仍然心有余悸。

他将从乔正家那里借的两本书、李超全那里拿来的三本书锁在了箱子里。

刘文川走出家门，天上正下着零星小雨。他将雨伞夹在腋下，飞快地跑着。

从家里到千佛场他最熟悉，七八岁时他就走这条路了。他一气跑到了叉八田，叉八田走出头爬黄楝树坡，黄楝树坡爬完上黄楝树嘴，黄楝树嘴海拔三四百米，因那里生长着五六株直径约两米、高大挺拔枝叶茂密的黄楝树而得名。黄楝树嘴是赶千佛场的大路，赶场的人无论是赶场去，还是赶场回来，都要在那里歇息片刻，等歇好了才走。他一路小跑，很快就爬到了黄楝树嘴上。居高临下，放眼望去，脚下是一条深深的沟壑，近处一些房屋、庄稼清晰可见，远处被雾笼罩着，周围的群山，一座比一座高大。刘文川稍微歇息一下，身上的汗还没有干又继续走。他几乎一路小跑到了千佛场。

从千佛场背后的小学过去，顺着一条河边走，过邵家湾，上九节岭。九节岭有近三个黄楝树坡那么高，海拔一千多米，很是陡峭，胆小的或有高血压的根本就不敢走这条路。

九节岭还没有走到一半天就暗了下来，刘文川有些局促不安，但着急也没有用。一路走来，风刮得不算大。天仍然下着小雨，雨点一落下就被风吹干了，因此无论怎么下路上都是干的。大约半个小时后，他来到了山上。山上没有什么遮挡物，风肆无忌惮呼啦啦地吹着。山上有一条路，他沿着这条路向前走去。越往前走风越大，刮得他站立不稳，他踉踉跄跄、跌跌撞撞地走着。他走到山顶，山顶上寸草不生，全是一片高低错落光秃秃的红岩，那里好似《西游记》里孙悟空过的火焰山。风猛烈地吹着，使人寸步难行。刘文川看到不远处有几块分散的大石头，就在其中一块大石头后面躲避了起来，等风稍小点时再走。他向天空和四周看了看，灰蒙蒙一片，四处飞沙走石，狂风呼啸着。他不能久待，怕天完全黑下来，于是他下定决心，硬着头皮冲了出去，艰难地走了五六百米这才走出头。山下面便是李家沟，到李家还有六七里路。这条路是他大哥、大嫂他们赶千佛场经常走的。

天渐渐地黑了，他必须抢在天黑之前走完李家沟。李家沟树木参天，十里没有人烟，沟里只听得到潺潺的溪流声、风吹树木的哗啦声和从外面觅食回来的鸟儿的啼叫声。他就在这些声音中飞一般地朝下跑去。

天已经黑了，树林黑黝黝的。好的是脚下的路还是白的。他不敢有半点懈怠，必须在天完全黑下来之前赶到李家，不然困在这沟里就糟糕了。至于这沟里有没有野兽，谁也不知道，即便是没有野兽也会把人吓个半死。下坡路不好走，尤其是要走出头二三百米，他几乎是连滚带爬走下来的。李家沟走出头，天已完全黑下来。

刘文川摸黑到了李家，这时李家灯火辉煌，熙熙攘攘，客人们已经入席就座。他悄无声息地去找大哥刘文山。

刘文山正忙前忙后地张罗着，见弟弟来了，丢下手中的活儿，来到弟弟身边，既惊又喜地说："弟弟，你怎么这会儿才来？我们一整天都在盼望老家的人来，可总是不见人影。"

"我走时已四点过了。梁子上风很大，我差点没有走过来呢。"他惊魂未定地说。

刘文山抚摸着弟弟的头，说："还好，总算平平安安到家了。"说完拉起弟弟就去见家里人。

刘文山把弟弟带到灶房里。灶房里有六七个女人正在紧锣密鼓地干着活儿，那个最年轻、最漂亮的就是他大嫂李明华。

李明华见刘文川来了，丢下手里的活儿，笑容可掬地走到他跟前说："文川，你怎么来得这么晚？爹妈没来？"

"他们忙，走不开。"刘文川说。

刘文山将弟弟在九节岭遭遇风的经历向妻子说了一遍。

　　李明华听了刘文川一路所经历的风险，忙安慰道："文川，你一路受累了！"

　　接着，刘文山又带弟弟去见了岳母和婆婆。李成均因在城里学习没有回来。

　　景秀英是一个四十多岁、矮小泼辣的女人，婆婆是一个瘦高个、和蔼可亲的小脚老太婆。

　　家里人见完了，刘文山把弟弟带到一张桌子上就餐。

　　晚上近处的客人走了，远处的客人留了下来，一些人在聊天，另外一些人在打牌。家里客人多床铺不够，刘文山带弟弟到了邻居家。

　　邻居也姓李，是李成均大哥一家，大哥和大嫂已去世多年，留下了两个儿子。老大叫李明和，已成家，是个厨师。老幺叫李明刚，比刘文川大一岁。

　　李明和一家人全在他幺爹家里帮忙，见刘文川要在他们家住宿，李明和两口子还没有收拾完就回去了，说是收拾床铺。

李明和高大的身躯，和蔼可亲，他妻子叫张小玲，身材娇小，对人十分热情。

他俩问候了刘文川，将他带到了一间屋里。张小玲整理着床铺，从衣柜里抱出新被子、枕头、枕巾。李明和给他泡茶，两口子对刘文川热情有加，这使得刘文川感动不已。

他俩安顿好刘文川，又回到了幺爹家。

李明和夫妇俩刚走，李明刚就回来了。

李明刚比刘文川稍微高点，长条脸，细眉细眼的，说话像女孩子，细声细气的。他对刘文川很有好感，每次刘文川来他都要跟他玩，还拉着刘文川到家里一起看小人书。

"你什么时候来的？我刚才怎么没看到你？"李明刚惊讶地问。

"天黑时来的。"

"你爹妈没来？"

"他们忙，走不开。"

"就你一人？"

"嗯。"

李明刚从抽屉里拿出来十多本小人书："这些都是我看过的，全部送给你！"

"太感谢你了！"

李明刚见刘文川高兴得合不拢嘴，两手捧着脸，肘子撑在桌子上，笑眯眯地看着他。

刘文川不知疲倦地翻看着，直到把十多本小人书看完才睡觉。

李明刚等不住，早已走了。

刘文川起得很晚，吃早饭了他才起床。早饭后客人都走了，他还要在大哥家多待几天。

刘文川对李明刚说："李明刚，我想借几本书看看，你跟你嫂嫂说一说行吗？"

"那我去问问嫂嫂。"

"谢谢你了！"刘文川感激地说。

李明刚去找他嫂嫂，将刘文川借书的事向嫂嫂说了，张小玲爽快地答应了。

景秀英要去大队里开会。那天当石滩场，刘文山、李明华、李明和、张小玲和李明刚都要去赶场，刘文川也去了。张小玲还给她在学校读书的姐姐带了二十个鸡蛋。

李成均家住在李家沟的半塝上，离家五六百米是他们生产队的晒坝，晒坝当嘴上，有一条通往河下的大路，赶石滩场就走那条路。他们赶石滩只有三四里路程，随着河边走直接到场上。刘文山对弟弟说，石滩水库修好后，水能淹到晒坝边，生产队的人可以坐在那里洗脚。石滩水库分东坝和西坝，东坝早修起来了，也就是汪营长和乔正家他们修建的那个坝，西坝规划十年以后建修。

生产队里有不少人赶石滩场，下了河沟，赶场的人络绎不绝，有的用篮子提着鸡蛋，有的背篓里背着鸡鸭，有的担着蔬菜，但更多的是悠闲自得打着空手。他们顺着河边走，边走边聊天，不一会儿石滩场到了。石滩场热闹非凡，这个场分上场和下场。上场依山，下场临河，在夏天时不时遭水灾，居民为了避免洪水，房子全是修的吊脚楼，或用石头砌的墙，那些墙表面风化了一层，有的地方凹凸不平。石滩河是构溪河的一个支流。石滩场正中有一个长约一百五十米、高二三十米、宽约一米半的月亮湾形水坝，刘文川家里人赶石滩场就从那上面过来。水坝只是枯水季节才能过，涨洪水季节过不了。河里随时停泊着两三只木船，无论是洪水季节，还是枯水季节，那些不敢走水坝的人就坐木船，每过一次要交一角五分钱。

石滩中学坐落在河对面的坝里。

他们走到石滩场场口就分手了，张小玲说："我要把鸡蛋给姐姐送去，然后到铁匠铺去打一把锄头和发两把镰刀齿。"

"嫂嫂，我也要跟你去给刘文川借书。"李明刚说。

"大哥、大嫂，你们去赶场，我同李明刚去借本书来看。"刘文川说。

"那你去吧。"刘文山说。

"我们在场口等你。"李明华说。

到了水坝，河里还是满河水，微风徐徐，河水荡漾，水坝上有许许多多的小石磴，一直从这头连到那头。河里的水就从石磴下缓缓地流过。

人们有走水坝的，有坐船的，但坐船的很少。

那些坐船的除了一些老人和孕妇外，还有一些胆子小的。水坝上来来往往的人很多。

李明和问刘文川："兄弟，你是走水坝，还是坐船？"

"走水坝。"刘文川说。

"文川，你害怕吗？"李明刚问。

"我不怕，"刘文川说，"我们公社也有一座水电站，但没有这座水坝大。那里可磨面打米，水电站也是一个月亮湾形，来往的人都要从那上面过，小时候我与大哥、二哥时常背稻谷和麦子去打米磨面。"

他们来到了水坝上。水坝上来来往往的人不断，因此，走在上面大家都要互相让一让。

水坝的一边是水天一色的河水，一边是从桥墩根部流过落下二三十米水形成的瀑布，场景十分壮观，轰轰的河水声，吞噬了世间的一切。

过了水坝，还要走七八百米才能到石滩中学。

李明和夫妇直接将李明刚、刘文川带到了学校图书室。图书室有三四十平方米，书架上摆满了各式各样的图书，刘文川从来没有见过这么大的图书室。在图书室看书的，有教师，也有学生。有的人在浏览，有的人拿着书在柜台上登记，有的人坐在一角聚精会神地拿着书看。

张小玲的姐姐正忙碌地做着登记。李明刚对刘文川说："那个登记的就是我嫂子的姐姐张小红。"

刘文川也不好跟她打招呼，就和李明刚各自看书去了。李明和与张小玲站在姐姐身旁，等她登记完了这才上前搭话。

"妹夫、妹妹你俩什么时候来的？"张小红发现他俩时，亲切地问。

"来了一会儿了，我们来时你忙着哩。"李明和说。

"我给你带了二十个鸡蛋。"张小玲说。

"谢谢妹妹了！"张小红接过篮子，放到腿边。

张小红与妹妹张小玲长得有点像，只是下巴底下多了一颗美人痣。

"姐姐，我跟你说个事，幺爹的上门女婿刘文山的弟弟刘文川，他想在你这里借几本书看可以吗？"

"学校里的图书不对外。"她放下笔想了想说，"这样吧，李明刚原来是这个学校的学生，那就以李明刚的名字来借吧，我们学校规定，只要在这个学校里读过书的学生，走入社会后仍然可以借图书。"

"那就以我的名字借吧。"李明刚在离他们不远的地方说。

刘文川一进图书馆就被浩如烟海的书深深地吸引住了，他正痴迷地在中外小说栏里浏览。

"张老师，一次能借几本？"李明刚问。

"只能借一本。"

刘文川来到了登记处。

"兄弟，这是我姐姐张小红老师。"张小玲说，"学校里有规定，不是本学校读过书的不能借，可以以李明刚的名字借，一次只能借一本书。"

"谢谢张老师！"刘文川感激地说。

刘文川早已选好了书，选了好几本，听说只准借一本，便在其中选了一部长篇小说，书名叫《苦菜花》，作者冯德英。

李明刚替他借了。

刘文川拿着书如获至宝，激动地说："谢谢张老师！"

这时又有一些教师和学生来借书还书，张小玲见姐姐忙就走了。

李明和与张小玲要到铁匠铺去发镰刀齿，铁匠铺就在学校附近。李明刚和刘文川则向水坝走去。

过了水坝，刘文川对李明刚说："我不去赶场了，想回去看书，明刚，拜托你了，你告诉我大哥和大嫂，我先回李家了。"

刘文川不去赶场，李明刚感到有些失落。

李明刚上了街，刘文川则拿着书顺着来时的方向走了。他几乎是一气跑回李家的。

刘文川回去时，姜老太正在淘红薯准备煮午饭，她见刘文川一人回来了，笑眯眯地问："文川，你咋这么早就回来了，你哥嫂呢？"

"走在场口我就跟大哥大嫂分开了，他俩赶场去了，我跟明和哥、小玲嫂和明刚到了学校的图书室。后来明和哥、小玲嫂到铁匠铺发镰刀齿，明刚赶场去了，我一个人先回来了。"

"你饿了没有，如果饿了我给你煮碗醪糟鸡蛋。"

"表婆，谢谢您，我不饿，我想先看会儿书。"

姜老太放下手中的活儿，慢悠悠地拿来钥匙，开了一间房门。这是一间客房，屋里有一张架子床、一个办公桌和两把竹椅，屋里收拾得干干净净，不过有一股很浓的土烟味。

"昨晚你嫂嫂李明华的两个舅舅睡过，他俩的烟瘾大。"说着姜老太把两扇窗子打开了。

刘文川拿着书急不可耐地坐在椅子上看起来。

"一会儿就没有烟味了。"姜老太说。

"谢谢您，表婆！"刘文川感激地说了一句。

姜老太又提来一壶开水，拿着盅子和茶叶，出去时她轻轻地把门掩上。

刘文川不知看了多长时间，姜老太早已做好了中午饭。先回来的是去大队里开会的景秀英，听婆婆说刘文川早回来了，在客房里看书，她轻轻地推开客房的门，看了看，又把门掩上了，刘文川没发觉。

听到外面热热闹闹的，刘文川知道大哥他们回来了，就放下书走了出去。

六、表叔

到了第三天，那天当老观场，景秀英一家除了姜老太在家，一家人要去赶场，刘文川也跟了去。

"文川，"刘文山说，"我们今天上午去赶老观场，一是看看岳父回来没有；二是我跟你大嫂商量，在老观场给你买一套衣服。"

大哥大嫂要给他买衣服，他觉得怪不好意思，说："大哥，感谢你与大嫂的好意，我有衣服，我想买两本书。"

"到了场上再说吧。"刘文山说。

老观是川北重镇，地处阆苍两县边界，地理位置极其险要，场镇上常住人口近万。据史料记载，老观从建镇至今已有一千八百多年的历史了，下场到上场，有一千二三百米是古街。下场一入口，依次向上，全是二三米至四五米的石梯步和石板路，两边住的都是居民。那些石梯步和石板路上有三四寸深的凹槽，不难看出，这些凹槽是千百年来人们赶场走出来的。

景秀英一家人来得比较晚，从下场入口，赶场来往的人挤得水泄不通，他们穿过古街道，挤过熙熙攘攘的人群，来到新街。新街宽敞多了，区供销社、国营商店、食店等都在这一段，因此这一段很繁华。刘文川在区供销社门市部里找到了书店，与大哥一起走了进去。景秀英与李明华逛商店去了，他们约定在区供销社门口相会。刘文川走进书店就在找书，他选了三本书，一本是《红岩》，一本是《野火春风斗古城》，另一本是《平原枪声》。

"大哥，我选好了。"他把三本书抱在胸前说。

"好的。"刘文山在不远处看画报。

刘文川将书交给营业员算账，一共一元七角三分。刘文山支付了钱就到区供销社门口等李明华他们。

他俩在那里等了还不到三分钟，景秀英和李明华就来了。景秀英给每人买了一根麻花，李明华给刘文川买了一套衣服。

"文川，你穿上试试看。"李明华把一套蓝色衣服交给他说。

刘文川不好意思地接了过来，穿在身上。衣服稍微有点大。

"谢谢大嫂！"刘文川十分感激地说。

他们向铁木厂走去，边走边吃麻花。

铁木厂在老观场东北方向，挨近苍溪县的歧坪，离歧坪只有十多里。歧坪是一个水码头，在嘉陵江上游。一到那里，"隆隆"的机器声不绝于耳、震耳欲聋，不过，办公楼和宿舍离厂房还有一段距离。

景秀英走在前面，从区供销社后面过去，直接把他们带到了铁木厂办公楼。

李成均在那里办公。李成均四十四五岁，国字脸，剪着平头，五官端正，面容慈祥，身穿灰色中山服。宽敞的办公室里，挂满了各种奖状。

"爸爸，我们来了！您在城里开会，什么时候回来的？"刘文山亲切地问道。

李成均见家人都来了，站了起来，脸上堆满了笑容，说："我是昨天回来的，生日办了多少桌？你两个舅舅来了吗？"

"办了六桌，两个舅舅都来了。"李明华说。

景秀英说："我生日你都没有回来，我给你带了点酥肉来。"说着从一个小背篓里拿出了几片由青菜叶子包着的东西。

他咯咯地笑了笑。"你们操心了，我这里什么都有。"他把一包酥肉放到了一边，看着刘文川说："你今年多少岁了？还在读书没有？你爹妈这次来了吗？"

"我今年十五岁，没有读书了，现在在家里待着，没事了找些书看。爹妈忙，这次没有来。"刘文川回答说。

"哦，再长上两三年就有你大哥这么高了，到那时你也可以像你二哥一样去当兵。"李成均看了看他手上的书说，"你喜欢看书，我们职工图书室有的是书，你可以借去看，下午我跟图书管理员小穆说说。"

刘文川对李成均说："谢谢表叔！"

大家找凳子坐了下来。

下午刘文山、李明华回去了，景秀英没有走，她还要帮助丈夫收拾，如洗洗衣服、被子什么的。刘文川也没有走，李成均让他多待几天。

李成均把刘文川带到了图书室。图书室有三四间屋大，里面书架上摆满了书籍和报刊，一个扎着羊角辫、穿着工作服的俊俏姑娘在那里认认真真有条不紊地整理着凌乱的图书和报刊。她大约十七八岁，一米六五的个儿，圆圆的脸蛋，高高的鼻梁，弯弯的月眉下镶嵌着一对乌黑发亮的大眼睛。

"穆月桂，你忙着呢？"李成均招呼说。

穆月桂见是李厂长，莞尔一笑说："李叔叔早，只是忙这一会儿，收拾完了就没事了。"

穆月桂一说话脸上就显出了两个迷人的小酒窝。

"我跟你说个事儿，"他看了一眼刘文川说，"这是我女婿的弟弟，叫刘文川，他要在我这里住几天，喜欢看书，我把他带到你这里来，希望你关照他一下。"

"没关系，请李叔叔放心！"她对刘文川说，"你是看书，还是报刊？书在左边，有政治类的、军事类的和文学类的；右边是报刊。"

"谢谢穆姐！"刘文川腼腆地说。

李成均对穆月桂说："十二点时，你把他带到伙食团来吃饭。"

"好的。"穆月桂说。

李成均走了，刘文川走到堆放书的那边，在名目繁多的文学书籍的书架上翻阅着。穆月桂继续整理着那些凌乱的报刊。

穆月桂两年前是顶她父亲班进的厂。她父亲于20世纪50年代初入的党，是个省劳模，当过副厂长和厂长，老家在西山公社，与李成均是一个公社的人，李成均当厂长是她父亲一手提拔起来的。

穆月桂父母养育了五个女儿，三个姐姐均已出嫁，她初中毕业的第二年顶了父亲的班，被安排到厂里的图书室工作。

老观钢木厂有三四百名职工，没有结婚的要占三分之一，男青年多，女青年少。职工们八小时工作制，周日休息一天。图书室每天都有人，尤其是晚上，那些人吃了晚饭没事就在图书室里看书看报。除此以外，那些未婚男青年，见穆月桂长得漂亮，即使不看书报，也要来转悠转悠，目睹一下这位美丽姑娘的芳容。那些自觉的，看了将书和报刊放回原处，但这样的人很少，绝大多数是我行我素随拿随放，把那些书和报刊搞得乱七八糟，第二天穆月桂要拿出很多时间来整理那些书和报刊，有时上午整理不完，下午还要继续整理。

穆月桂是一个善良、有责任心的姑娘。

"刘文川，你今年多大了？"

"十五岁。"

"你怎么不读书呢？"

"我初中毕业了，没有读成高中。"刘文川低声说。

"哦，我也只读了个初中。"穆月桂好像也不十分满意。

下午就这么过去了。

吃了晚饭，穆月桂先来到图书室，她是来开灯的。灯一开，图书室里拥进来了很多人，大多数都是青年，但也有上了岁数的。有的人在看书，有的人在看杂志，有的人在看报纸，有的人在做笔记，也有的人抱着双手，摆出一副玩世不恭、无所事事的样子在里面转悠。刘文川不是厂里的职工，朝里面看了看觉得无聊，转身离开了。

厂房里留有客房，专门为上面来的领导，或外地来参观学习的人准备的。李成均叮嘱穆月桂将刘文川安排在客房里。

穆月桂不光是图书室的管理员，还兼顾打扫办公室和单位来客的接待。

穆月桂一早便将洗脸水和开水提到了客房。

刘文川早醒了，坐在床上看书。

"刘文川，起来洗脸吧。"

"谢谢月桂姐！"

"老观到歧坪的公路没有通，"穆月桂说，"今天厂里绝大多数人要去歧坪背煤，我也去，背一百斤回来有一块钱，我不能放过这样的机会，今天我把图书室里的钥匙交给你。"说着就把钥匙放在了桌上。

听说背煤有钱，刘文川问："月桂姐，除了你们职工，外人可不可以背？"

"这我不清楚，你问李叔吧。怎么，你也想去？那可是个苦活儿。"

"苦我不怕，挣钱，当然想去，挣了钱我想买几本书。"

刘文川起来洗了脸，迫不及待地就去问李成均。

李成均笑了笑说："那行，这事是副厂长在管，我去跟副厂长打个招呼。"

刘文川要去背煤，李成均给他找来了一个夹背。

"别人背一百斤，你背四五十斤就行了，你还没有成年。"李成均叮嘱他说。

"我能背七十斤。"刘文川自信地说。

"背七十斤不就是大半个主劳了！"李成均夸

奖道。

　　吃了早饭，刘文川就跟穆月桂与铁木厂职工到歧坪去背煤。

　　歧坪河水域既宽阔又深不见底。歧坪是一个历史悠久的古镇，据史料记载，歧坪建镇已有两千多年的历史了，比老观建镇还早。街道两边数不清的古建筑群落，就可见其历史的悠久。歧坪河边，修建了不少码头，那些码头分新码头和旧码头。新码头修起来才二三十年，从那些石头上可以看出，没有磨损的痕迹。新码头场面宏大，一般长几十米，宽六七十米。无论是现在修的新码头，还是过去留下来的旧码头，都停留了不少船只。有的船只满载而归正在缓缓地靠近码头，有的已经装满了货物正待出发……新码头停放的全是机械船，上面装的是钢筋、水泥、煤炭和化肥。旧码头破败不堪，到处是深浅不一的凹槽，里面停放的都是一些人工船，装着煤炭、石灰、木材等货物。这些物资都是从广元运下来的，大多数货物卸下来装在了歧坪的仓库里，少部分搬运走了。仓库里的那些货物又装上车运到其他地方去了。

来来往往的船舶要装要卸，码头上聚集着成百上千的人，有些是正式的搬运工，他们穿着统一的服装，年龄在二十到四十岁之间，有的是附近的农民，但也有外地的农民。他们有的背着夹背，有的挑着担子，有的扛着大包小包，但无论男女老少，他们都能背一二百斤。

铁木厂一共去了七八十人，大多数是男职工，只有七八个女职工，穆月桂是最年轻的。男职工有的背一百斤，有的背一百二十斤，也有的背一百五十斤。背一百五十斤的，全是一些身体健壮的小伙子。女职工有背八十斤的，有背七十斤的，有背六十斤的，穆月桂背了六十斤。刘文川背了七十斤。

刘文川与穆月桂同路。从歧坪河上到上面的坪上，有七八里，这段路几乎全是爬坡上坎，上坡路走起来很吃力，尤其是背重东西，爬不上几步气喘吁吁地就要歇一气。刘文川走在前面，很吃力地往上爬，挥汗如雨，只要有一个适合歇息的台墩，他就会将夹背放在台墩上去帮穆月桂背，他替她背了五六肩，这使穆月桂很受感动。那天差不多都背了三趟，但也有背两趟的。穆月桂因身体不舒服，只背了两趟，刘文川背了三趟。

刘文川从来没有这样背过，这是第一次。他的背被夹背磨破了皮，疲惫不堪，但他很高兴，挣了二元四角钱，这些钱，可以买七八本书了。

景秀英住了一晚上就回去了，她说村里还有很多事需要她去做。

刘文川背上脱了皮在流黄水，李成均把他带到铁木厂医疗室。

"还痛吗？"李成均见刘文川从医疗室里走出来问道。

"不觉得痛了。"刘文川看着李成均慈祥的面容说，"表叔，等背上的伤好了，我到歧坪去背几天煤。"

李成均不解地看着他问："怎么你还想去背煤呢？"

"我想挣点钱，买一些书。"刘文川说着低下了头。

李成均爱怜地对他说："那可是个非常苦的活儿，你吃得消吗？"

"我不怕，吃得消。"刘文川仍然低着头用脚尖勾画着地面小声说。

李成均给他准备了一个新夹背，另外还给了他十斤粮票。

文川在铁木厂待了五天，也就在图书室里看了五天书。

刘文川在歧坪背了一星期煤，黑瘦了许多，李成均很心疼他。刘文川回去那天，李成均找了一位拖拉机师傅送他。

听说他要回李家，穆月桂很久没有回家了，也想搭个便车回去看看父母。李成均批了她的假。

刘文川与穆月桂同坐在拖拉机上。拖拉机在坑坑洼洼的公路上颠簸着，他俩时不时地碰到一块。

拖拉机开到二十多里外的一个岔路口上，穆月桂对驾驶员说："师傅，请停一下，我要下车。"

师傅把车子停了下来。

穆月桂从拖拉机上下来，刘文川小心翼翼地扶着她。

"刘文川，再见！"穆月桂抖了抖身上和头上的灰尘微笑着说。

拖拉机排气管上冒着浓烟"嗒嗒嗒"地开走了，穆月桂目送着他……

刘文川回到李家，刘文山和李明华喜不自禁。他俩问文川，怎么待了这么长时间，刘文川把他在表叔那里的情况向大哥和大嫂说了。

刘文川准备走了，可是他在张小红老师那里借的书还没有看完。他把书交给了李明刚，让李明刚帮他去还一下，下次再去借。

刘文山和李明华把弟弟送到了九节岭。九节岭再也没有来时那么大的风了，不过，风还是比其他地方大，嗖嗖的风声不绝于耳。当刘文山和李明华把弟弟送到下千佛坡坎时，刘文山说了一声"弟弟你慢走"眼泪便簌簌地流了出来。见丈夫那样，妻子也泪眼婆娑了，然而刘文川并没有看到。他小步向下面跑去，小两口目送着他，直到看不见了这才转身回去。

七、二哥的来信

刘文川回到家，已经是半天晌午了，他累得够呛。刘东明夫妇见幺儿回来了，既惊又喜，刘东明迫不及待地问："川儿，你那天下午走后，我与你母亲十分惦记你，你没有走多久天就黑了，我问你，你那天下午什么时候到的李家？"

"路上下着小雨，我一路小跑，上了九节岭，风很大，那风吹得我站立不稳，喘不过气来。下李家沟天就黑了，我有点害怕，就一个劲儿地往下跑，一气跑到了李家。"

刘文川绘声绘色地给父母讲完，接着又把李家的生日情况和他在老观铁木厂他表叔那里的情况向父母说了。

刘东明夫妇听了直夸奖儿子的坚强和勇敢，同时感谢亲家一家人对幺儿的关心和照顾。

母亲知道儿子饿了，煮了一碗臊子面，里面打了两个荷包蛋端了上来。

刘文川吃了饭，来了精神，点起灯，迫不及待地打开箱子，把从李超全、乔正家那里借的书拿出来码在木板上，又将他大哥从老观给他买来的三本书摆在上面，有一小摞书了，他欣慰地坐在那里看了半天。

大约过了一周，家里收到了刘文海从部队里寄来的信，刘文川打开了二哥的来信。

敬爱的爹妈：

　　前不久收到文川的来信，知道爹妈的身体都很健康，我也就放心了。从来信中得知，弟弟没有读成高中，我也为弟弟感到惋惜。

让弟弟不要消沉下去，他还是个少年，没有读成书，不要紧，未来的路还很长，他提到走文学之路，我现在不敢说这条路走不走得通，但事在人为。古今中外自学成才的大有人在，这里我就举两个例子，如中国的华罗庚，他只读完初中，通过自学，后来成了一名数学家。苏联的高尔基，小学都没毕业，通过自学，成了伟大的文学家。当然，自学不一定个个都能成数学家、文学家，但通过自学，可以提升自己，认识世界，同样可以做一个对社会和人民有用的人。

爹妈、弟弟，我到部队已三年了，这三年来，我很努力，刚来时当副班长，第二年当班长，同年入党，现在连长安排我当文书。哎呀，真没有想到，连里那么多高中生、初中生，他们能写会说，偏要找我这个小学生当文书，我算是小材大用了。我估摸着，首长找我有这么几个原因：一、我是党员；二、我刻苦学习；三、我的文笔比他们好。有了这三个条件，首长不找他们而找我，也就不足为奇了。

爹妈，这三年来，儿无时无刻不想念你们，真想见见二老。当然，见面是不可能的，不过看看照片是完全可以的。看了照片就等于见到爹妈一样。在我们老家农村，公社和区是没有照相馆的，照相馆只有县城才有。离我们老家最近的县城是仪陇县城，如有可能的话，那就请爹妈、哥嫂和弟弟到仪陇县城里去照一张全家福。但我担心的是，那么远的路程，二老走不走得到仪陇县城去，尤其是妈。在我给你们写信的第三天，我同样给我的未婚妻吴丹阳、在李家的大哥写了信，我迫切希望丹阳、大哥和大嫂常回来看望你们二老，请丹阳、大哥和大嫂带着爹妈和弟弟照一张全家福给我寄来。

另外，我给家里汇了十八元钱，六元交给你们拿去照相，两元给弟弟拿去买书，剩下的十元家里用。

祝爹妈身体健康！祝弟弟努力学习，梦想成真。

儿：刘文海

9月24日

老两口听了二儿子寄回来的信，都流下了幸福的眼泪，他俩为老二骄傲，一是儿子学习刻苦，工作上进；二是孝顺。最高兴的是刘文川，他二哥给他汇了两元钱，钱取回来，加上背煤炭的钱，一共四元多，可以到仪陇县城买一些书回来。

刘东明嘱咐文川带上他的私章到公社邮政所把钱取回来。

在去取钱的同时，刘文川把在李超全那里借来的三本书也带上了。

他取完钱，去找李超全时，他正在忙着。

"书看完了，我给你带来了。"刘文川说。

"放到我寝室吧，你需要什么书，自己选去，我正在忙，没有时间。"李超全说。

"好的。"

刘文川还了书，又在他那里借了三本。

下午，刘文山夫妇来了，一个小时后，刘文海的未婚妻吴丹阳也来了。吴丹阳亭亭玉立，落落大方，比李明华长得还漂亮。

吴丹阳与刘文海订婚是去年春天的事。吴家只有一儿一女，女子排行老二，吴丹阳还有一个哥哥。她哥哥也在部队里当兵，还没有找对象。吴丹阳与王金凤娘家是一个地方，离刘家有十多里。介绍人是王金凤娘家弟妹。她弟妹要了刘文海在部队里的几张照片交给了吴丹阳。照片上的刘文海英俊威武、神采奕奕，吴丹阳看了很满意。吴丹阳同意后，王金凤弟妹就把她带到场上。第一次见人是王金凤一人去的，当她看到比她年轻时更漂亮的吴丹阳时，心里说不出有多高兴。第二次又是在场上见的人，这次刘东明夫妇找幺儿把大儿、大儿媳一道喊来了。大儿子和大媳妇看了，没有一个不说吴丹阳长得漂亮的，当天王金凤的弟妹就把吴丹阳和她母亲带到了家里。刘东明看了未来儿媳妇也没意见，老两口吩咐刘文川给老二写信。半个月过后，收到老二的来信。刘文海同时也给吴丹阳写了信。自那以后，刘文海与吴丹阳书信不断。

吴丹阳在刘家走动了一年多，跟已经接过来的儿媳妇没有两样，一点都不生分。对刘东明和王金凤夫妇既尊敬，又孝顺。吴丹阳只要来到刘家，就帮着做饭、喂猪、洗衣服，对刘文川也格外关心。因此，吴丹阳受到刘东明一家人的欢迎。

那天晚上，刘东明一家热闹非凡，又是杀鸡，又是去赶场割肉的。刘文川把书友李超全也请了来。当李超全看到刘文川大嫂和未来二嫂时，连连称赞他两个嫂子长得漂亮。

晚饭比较早，饭后刘文川把李超全送出了家门。因为第二天他们一家要去仪陇县城，就早早地睡了。

刘东明家在边远山区，离本县城一百二十多里，离仪陇县城只有六十里。10月6日，大约凌晨两点，除了刘东明养公猪走不了以外，他们一家人吃了早饭，带上干粮提着马灯向仪陇县城的方向走去。

赶仪陇县城，刘东明一家并不陌生。王金凤是

20世纪50年代初嫁到刘家来的。刘东明父亲会做挂面，所以他小时候经常与父亲赶仪陇县的老木口、新华和仪陇县城。刚嫁到刘家的王金凤，也与丈夫一起赶仪陇县的老木口和新华卖挂面，有时也赶仪陇县城。

刘文山手上提着马灯照路，让母亲走在前面，在他后面的是李明华、吴丹阳和刘文川。

不一会儿，他们来到了三汊河。三汊河向左拐便是有名的粉房田沟。从家里到三汊河有两里地，走出粉房田沟有五六里路。粉房田沟属于三河公社，三个大队管辖。粉房田沟中间有一条小河，右边是一条宽近两米的土路，河两岸都是亮晃晃的冬水田，沿河有两座石河堰和一个古老的拦水坝，这条路是人们赶老木口、新华和仪陇县城的必经之路。他们走在路上，听到脚下河里潺潺的流水声，晨风吹拂冬水田的哗哗声，犹如委婉动听的交响曲。粉房田沟是在一个深深的峡谷里，两边的山黑黝黝的，中间天空好似一条灰蒙蒙的没有洗干净的布带。两面的山上，不时听到野兽的哀鸣声和猫头鹰扑棱棱飞动的声音。

"我们最担心的是母亲走不走得到，到了仪陇县城又能不能走回来。"刘文山说。

"二哥在信上也在考虑这个问题。"刘文川说。

"是啊，我们都担心。如果母亲走到半路上身体有问题我们就不去了。"李明华说。

"你们考虑得太多了，你们的母亲有那么娇气吗？我才刚满五十，还没有到七老八十呢，"王金凤说，"这算啥，年轻时，那时文山才两三岁，我与你爹往六七十里的井溪河背粮，你爹背一百斤，我背七八十斤，每星期背一次，有时候背到石滩口前面扬程坡天才亮，一直背了五六个冬天，直到老观的公路修通了才不背。当然，不只是我与你爹在背，所有的人都在背。从望垭口往千佛场背，也背了十多年。文山你还记得吗，你与文海从望垭口往千佛场背粮背了五六年，直到70年代初公路修到公社这才结束了往远地方背粮的历史，往远地方背粮那才叫苦呢。"

"我记得，背粮太辛苦了，两辈子都忘不了。"

刘文山记起背粮的情景，无限感慨地说。

不知不觉已经走到了第一个石河堰。石河堰里的水灌得满满的，河水哗哗地从闸板上流过，几条尺多长的鲤鱼想从闸板上翻过，由于身体太大，从匣板上流过的水又太小了，游了无数次都没有成功。倒是一些小鱼，不费吹灰之力就随着水流过去了。

"好大的鱼呀。"刘文山惊呼说。

"我下去捉。"刘文川看到几条大鱼激动地说。

"长期流水的石碶上长满了青苔，滑得很，不要下去。"王金凤提醒儿子说。

刘文川恋恋不舍地看了看还在那里游动的大鱼，转头继续往前走去。

第二个石河堰与第一个石河堰只隔四五百米，里面没有装水，河水从涵洞里流走了。两只猫头鹰，一只稍微大点的逮着一只老鼠在石碶上面啄食着，另外一只稍微小点的，抓了一条鱼在石碶下面啄食，鱼的身体已被吃了多半。猫头鹰见来人了，抓起猎物扑棱棱地飞向空中。过了石河堰，走了大约两里路，经过一堆乱石，来到了一个大田边，沿着田边的巨石上十多级梯步，就是河堤。河堤宽三米多、高十多米、长两三百米。河堤的左面是七八米宽、两三米深的河水，右边是明晃晃望不到边界的粉房田。

王金凤对儿子、儿媳妇们说："这就是有名的粉房田，一共有二三十亩，原来是姓涂的一户发财人家开发出来的，前面还有一个河堤，据说造这个大田和修河堤，吃了五十多头猪，历经四五年才修起来。"

河堤走出头，再走灵观庙。灵观庙海拔五百多米，爬到海拔一百多米时，那里有一个破败的寺庙。

大约半个小时后，他们爬上了灵观庙。

"妈，你累吗？"刘文山问。

"还是走吧，我们慢走当歇。"王金凤说。

上了灵观庙就是张家山。以灵观庙为界，这边是阆中县，那边是仪陇县。

过了张家山，全部是平缓的下坡路。

见风大，刘文山走在前面不时用他那高大的身躯给母亲挡风。李明华和吴丹阳不时地询问母亲冷不冷。

　　刘文川就像一只快乐有趣的小狗，一时走在他母亲和大哥的前面，一时又挤在两个嫂嫂的后面，今天他是最高兴的，因为他要买许多书回来。

　　张家山走出头就下九龙坝。

　　太阳一出来，万物焕发出了勃勃生机。在阳光的照射下，晨雾由厚变薄……

　　他们来到一个塆里，这里有十多户人家，房前是一片冬水田，屋后是一坡竹林，竹林上栖息着上千只白鹤。黑夜过去了，迎来了黎明，它们从沉睡中醒来，伸了伸翅膀，然后成群结队地鸣叫着飞出了竹林，向高远的天空飞去……

　　他们目送着白鹤飞走了，又动身了。

　　从竹林那里出发，只走了半个多小时就到了新华。新华是仪陇县的一个大镇，到仪陇县不过新华街上，是从新华背后穿过去的，那里有新华中学。他们走到中学时，学生刚做完早操正活蹦乱跳地向教室走去。大家只是边走边看了看，那些学生并没有引起他们的注意。可刘文川脚下像生了根一样，站立在那里久久不愿离去。他多么羡慕那些读书的学生啊，他多么想成为他们其中的一员啊！

"文川，快来呀！"刘文山在前面催促着。

"你们走吧。"刘文川声音里带着哭腔。

见刘文川没有来，他们只好坐在那里耐心地等他。

"唉，看来，文川还是想进学校读书啊！"王金凤说。

刘文川在那里抽抽噎噎地哭泣。

"我去看看。"刘文山说完就往回走。

"文川，好弟弟，我们走吧！"刘文山拉着他的一只手说。

刘文川擦了擦眼泪，朝着中学目不转睛地看着，依依不舍地跟随他们走了。

才到九点，大家的肚子已饿了，他们来到一个垭口上，那里有一株黄桶粗细盘根错节树龄上千年的黄楝树。黄楝树正在风口上，风把树枝吹得哗啦啦响。离黄楝树不远的地方，有一位老汉在那里摆了一个茶摊。

他们准备在那里吃饭。

"老爷爷，茶水多少钱一碗？"刘文山从背篓里拿出一个用手帕包着的干粮问。

"我这儿的茶水免费，不要钱。"老大爷说。

"怎么不要钱呢，老人家？"王金凤亲切而好奇地问。

"我在这里摆茶摊已经有两三年了，都没有收过一分钱。"老爷爷说。

"您做好事要活一百岁。"王金凤说。

"谢谢你们的吉言，我今年七十六了。"老大爷说着一人给了一个碗，将每个碗都倒满了。

"冬天过路的喝开水的人多，一天烧三桶；夏天喝开水的人少，一天只烧半桶。"老爷爷说。

大家为老爷爷多年来助人为乐的行为而感动。

他们在那里一人吃了两个烧饼，喝了一碗水。

"老人家，这里离仪陇县城还有多少路？"王金凤问。

"还有二十五六里路。"老爷爷说。

"谢谢您了！"王金凤感激地说。

"多谢老爷爷！"其他四人不约而同地说。

他们告别了老爷爷，继续向前走。

到了仪陇县城，已十点半了。通过打听，他们径直到了仪陇县照相馆。

照相的师傅是一个四五十岁和蔼可亲的驼背男人。

"站好，来，看我，面带笑容，好！"驼背师傅照了第一张。

第一张是他们五个人一起照的，后来王金凤单独照了一张，刘文山与李明华照了一张合影，吴丹阳一人照了十多张，有坐着的、立着的、仰卧的，等等，他们照的那些都是黑白照，而吴丹阳照的全部都是彩照。照完相，支付了钱，照相师傅要了地址，说照片出来后，会按地址寄过去。

他们照了相在一边休息，刘文川到书店买书去了。他一共买了十五本书。

等他们回到家时，太阳已经下山了。

八、逼出工

头一天赶仪陇走累了，第二天歇息了一天，第三天吃了早饭，刘文山、李明华和吴丹阳才离开。

他们前脚一走，一个身材高大、脸上长满了络腮胡、约莫四五十岁的黑瘦男子来到刘家。

"刘东明在家吗？"他怒气冲冲地问。

王金凤在灶房里收拾碗筷，见有人来了，丢下手中的活儿，走出来一看，原来是生产队作业组长贺国炳。贺国炳是个篾匠，前些年长期在外面做活儿。原来的作业组长姓梁，名庄。梁庄的个子与贺国炳不相上下，白肉皮，长着一脸红胡子，是个性情中人。他有文化，又能干，头脑聪明，是一位难得的好组长。但他私心比较重。一次，他家儿子偷盗晒坝里的玉米，当场被人逮住了，可是他就是不认账，儿子都承认了，他逼迫儿子反口。不仅如此，他还叫逮贼的洗清儿子贼娃子的罪名。那人气不过，气冲冲地去找赵队长。起初，队长还有些敷衍搪塞，劝和了好一会儿。然而，那人有一种"舍得一身剐，敢把皇帝拉下马"的大无畏精神，说再多的好话都不起作用。没办法，赵队长只好撤销了梁庄作业组长的职务。

这个生产队很大，全生产队有三百五十多人，分一、二、三三个组。三个组中，三组最大，有一百八十多人，而这个组的生产很分散，没有能耐是当不了这个组的组长的。赵队长选来选去看上了贺国炳。

贺国炳的父亲很早就去世了，那时他才八九岁，听别人说，他懂事早，十岁还没有犁头高就在学耕田了。新中国成立前他就结了婚，跟随一个姓陶的师傅学起了编篾。他很聪明，别的师傅带徒弟要三年，而他只学了一年半就出师了。他编篾的手艺好，编得也快，别人七天编一床垫席，他五天就编好了。正因为他的手艺在众多手艺人中显得卓尔不群，所以请他编篾的人很多，活常年干不完。

撤销了梁庄组长的职务，这个组又没有合适的人选，真让赵队长伤透了脑筋。找党员代表推荐了几个人，其中还推荐了刘东明。然而，几个人哪一个能胜任这个工作？刘东明倒符合条件，但他太仁慈了，担心他调不动人，管不住人。赵队长最后想起了在外做篾匠活的贺国炳。

赵队长找他时，他正在别人家做活儿。赵队长说明了来意，问："贺篾匠，找你当三组的组长干不干？"

贺国炳见有这等好事，略加思索，笑了笑说："那我试试看。"

贺国炳把那家篾编完后就回去任职了。

贺国炳出门在外，见多识广，加上他头脑灵活，想出了一些切实有效的办法。

集体生产出工，有积极的，有中间派的，有消极的，积极的，踏踏实实干活，而那些中间派和消极的，很多人出工不出力。对于这些人，干部们大会小会都在讲，但是效果甚微。贺国炳想办法收拾了这些人。第一种办法：他把大组分成若干小组，每一个小组找一个负责的，今天做哪些活，明天做哪些活，干完了才收工。他这个办法很好，那些出工不出力的人一下没有了，因组小，又有任务，大家都在互相监视。第二种办法：对于能出工而不出工的人，先动员，动员不出来，他就每天到不出工的人家里做思想教育工作，使其家人很没面子。那些人受不了，也就不得不出工了。

他这两种办法很好，不到半年时间，三组的农业生产走在了其他两个小组的前面，得到了赵队长的夸奖。

刘文川初中毕业几个月了，跟他一起毕业的，头天从学校里回来，第二天就到生产队来出工了。可刘文川毕业这么久了还待在家里。刘东明的二儿子在部队里当兵，要不是他家是军属，贺国炳早就来找他了。刘文川没有出工，三组的社员议论纷纷，说："贺组长不一视同仁，半夜起来吃杏子——照着软的捏，只是对有些人有法。""谁说我只是对有些人有办法，哪些人又对他没法呢？"贺国炳问。"那还用说，秃头上的虱子明摆着。刘东明的幺儿子毕业那么久了，为什么不出工？依仗着他家是军属是不是？"贺国炳说："等着瞧吧，一星期后刘东明的幺儿子一定会来出工的。"

"哟，原来是贺组长。"王金凤说。

"东明呢？"见是王金凤，他声音略放小了些。

王金凤连忙拿板凳请他坐，说：

"你找他有什么事？"

"什么事？找你幺儿子去出工呀。"他狠狠地瞪了她一眼，转身就走了。

刘文川在屋里看书，听得清清楚楚。他长叹一声，放下书在屋子里静静地坐着。

王金凤朝屋里看了儿子一眼，背着背篼出去了。

中午刘东明一回来，王金凤就把贺国炳喊刘文川出工的事向丈夫说了。刘东明沉默不语。

那天中午刘文川没有吃饭。

天黑时，贺国炳又来了。

"东明老弟，我上午来，你没有在家，想跟你说说文川的事。文川毕业好几个月了，群众都在反映，别人家的孩子头一天毕业第二天就出工了，你家文川毕业这么久了，为什么不出工？"贺国炳越说火气越大。

"他还小，等等再说。"向来不愿得罪人的刘东明第一次顶撞了火爆性格的贺国炳。

"不出工那就不行！"贺国炳背着双手，咬牙切齿，凶巴巴的，边说边走出了刘家。

那天晚上，刘文川仍然没有吃饭。

第二天，贺国炳又来了。他双手叉腰，怒气冲冲地站在院坝里声嘶力竭地喊道："刘东明，我今天来跟你说清楚，如果你儿子刘文川不出工，我每天来找他一次。"

一家人没有理睬他。

第三天下午，贺国炳又来了。

晚上，一家人经过商量，刘文川留在家里，王金凤去出工。

他们家养了一头大水牛，牛是集体的，这头水牛刚满十岁，正当壮年。养黄牛一天八分工，养水牛一天十分工。牛是当时集体生产最重要的生产工具，地主和富农成分是养不成牛的，只有贫下中农才有资格饲养。生产队为了鼓励社员养好牛，每年到了农闲，全生产队的养牛户都要把牛牵到一块儿进行评比。来参加的人有大队干部、生产队干部和养牛户本人，评比分一类、二类、三类三个等级。评上一类的，生产队有奖励，奖励方式往往是一顶草帽和一张奖状；评上二类的不奖不惩；评上三类的，养牛户要挨批评，责令养牛户限期改正，若下次再被评上三类，那就调换人家，不让他家养了，所以每年生产队评比是一件非同小可的事。王金凤家里养的这头水牛，年年被生产队评为一类牛。她无论是农忙，还是农闲，三顿都是给牛喂饱了的，晚上还给牛添夜草。牛一般从开春三四月份春耕生产，一直要忙到秋末谷板田耕完为止。农闲了，王金凤除了给牛添加草料外，还经常牵出去放。农谚说:"牛要放,猪要胀。"就是这个道理。

贺国炳来找刘文川出工,这真让刘东明为难了。他们家现有三人,他在生产队养猪,每天十分,三百六十天出勤天是满的。王金凤养牛,每天也是十分,三百六十天也是满,即便是儿子不出工,每年照样是进钱户。他要去找赵队长评评理。

赵队长见刘东明来了,笑容满面地说:"东明哥,请坐!"

刘东明把贺国炳逼他儿子出工的事向赵队长说了。

"东明哥,队委会把权力交给了各组,派工用工都在组里,组长说了算。我不好参言。"他沉思了片刻说,"好吧,我跟贺组长说说看。"

"拜托赵队长了,"刘东明说,"我家文川还小,才十五岁,他没有读成高中,有很重的思想包袱。他买了和借了一些书在家里看,我想,这是好事,是孩子积极上进的一种表现,不管怎么说,我们当父母的,包括他两个哥哥都是极力支持的。"

刘东明为儿子不出工的一番辩解,赵队长频频点头表示理解。

刘东明以为向赵队长说了就会起作用，然而，第四天一早，贺国炳又来了，同时还把原作业组长也请来了。

贺国炳像上次那样毫不留情地说："刘东明，你听好了，我不怕你跟赵队长关系好，找赵队长说你家幺儿子不出工。哼，不行，全生产队这几年毕业的初中生，少说也有七八人，我们组里就有四人，如果他们都像你幺儿子那样不出工整天待在家里吃闲饭，请问，生产谁来搞？"

原来的作业组长梁庄也接话说："不出工不行呀，十五六岁出工，这也是对孩子的一种锻炼，东明老弟，你说呢？"

"要是你儿子不出工，我强烈要求赵队长每天倒扣你们家里六分工。"贺国炳恶狠狠地说。

"你敢！"刘东明实在听不下去了，毫不示弱地顶了他一句。

贺国炳怒气冲冲地走了，随后梁庄也走了。

刘东明一肚子的气，一脸的沮丧。

刘文川在屋里听了两个组长与父亲的谈话，伤心地哭了。

那天上午，刘东明没有去生产队养猪房，坐在家里抽闷烟。王金凤见贺国炳逼儿子出工，沉默了半天想了想说："你们不要发愁，我有办法。"

"你有什么办法？"刘东明看着妻子问。

"我去替文川出工，文川留在家里。"

"你替他去出工？"刘东明迷惑不解地问，"那牛谁来养？谁又来做饭？"

"这好办，"王金凤说，"在未出工之前，我先做好早饭，收了工回来吃，中午那顿饭收工回来做。现在是农闲，用不着给牛割草，文川留在家里放牛，他可以边放牛边看书。这样既解决了出工问题，也保证了文川的看书时间，我去跟文川商量商量。"

刘东明认为这个办法不错。

王金凤跟儿子说了想法，儿子欣然同意。

天一亮，刘东明去生产队养猪房，王金凤做熟一家人的饭准备出工，这时刘文川从牛棚里牵出牛来，走后门子，过斑竹林顺着一条小路往上走，那条路直通深塆。那塆叫跌三女子塆，过去是松林坡、滴水岩和坟儿塆，那几个地方是很好的草场，同时也是刘文川读书的好地方。从竹林过去五六百米，有一石岩，成拱形，石岩高四五十米、宽五六十米，经常有碗粗大小的一股水从石岩上流下来，下面是一个水塘，最深处有半米。水塘下面是深浅不一的水沟和一些不规则的小塘子，随着流水下来的还有三四寸、五六寸的小鱼。这些鱼中，大多数是鲫鱼，也有鲤鱼和其他鱼类。如遇到洪水，从上面流淌下来的水更大，有桶粗，那水里不仅有鲫鱼、鲤鱼，还有草鱼和黄鳝。只要一涨水，刘东明一家就来捡那些鱼和黄鳝，往往不是半苕篓，就是满满的一苕篓。

这个塆不知原来叫什么名字，几十年前，有一少妇在上面割草，脚踩滑跌下来摔死了。那少妇在娘家排第三，小名叫三女子。三女子死时，留下了一个未满三个月大的女婴，所以这个塆叫跌三女子塆。

这里是刘文川读书的绝好地方。牛在草坪里吃着草，刘文川就平静地或坐或立在哗哗的落水声中看书，有时还声情并茂地朗读着，哗哗的水声与读书声融合在一起。如果看累了，他就在那里玩水，或下水沟里和塘子里去摸鱼，中午或下午，不仅把牛放了，还能提一串鱼回去。

跌三女子塆，过去是草坪，草坪上面是松林坡。松树坡大约三四十亩，那里除了生长着大大小小的松树外，坡上还有奇形怪状的石头。松树坡向上走两三百步，是一个二道边，中间有一条大路，大路直接通向顶部，那是生产队的晒场。晒场很大，占地五六亩，也是全生产队最集中的地方，生产队学习、开会都在那里。离晒场一二十米处有一个容纳一百人的大茖窖，是人工凿出来的，可装一两万斤红茖。向左走三四百米有两个堰，一个在下面，一个在上面，下面那个堰小，上面那个大，大堰上头还有一个囤水田。两个堰和囤水田的水灌得满满的，水清凌凌的，跌三女子塆里的水就是从这两个堰和水田里流下去的。向右两三百米，有一块高一二十米的石头，很像一只坐着的猴子，那石取名猴儿石。

猴儿石后面，如垫席般大的两块光滑的青石板，那石板极像乌龟的贝壳。猴儿石下面生长着脸盆粗细的三棵松树。三棵松树的树冠正好在猴儿石上面。站在这里从远处看，下面是一条沟壑，一年四季雾气沉沉的。对面是碧绿的青山，山上面是岳家边，再往上面便是巍峨的三宝山。往下看是青青的草坪，牛儿在那里吃着草。只要在松树坡放牛，刘文川就到猴儿石上看书。看累了，他就在青石板上躺一躺，或睡上一会儿，或到堰边拿块小石片，打着水漂，那小石片在水面上划出一道道水花；或到晒场上跟晒场里的人摆摆龙门阵，到下面的苕窖里去坐一坐；或继续朝猴儿石的前面走去，看树上的松鼠蹿来蹿去。

从草坪过去是一个滴水岩。一走进滴水岩，就能听到"咚咚"的泉水声。挨近岩边，有五六根用石头码起的二至三米的柱子，每一根柱子的顶部对着一个泉眼。柱子上搭的是石槽，石槽将山泉引到了一条沟里，那沟深两米、宽一米、长七八百米，有的地方还搭着天桥，其中有一百多米是从两块石头中间穿过的，水沟顺着松林坡下面的草坪，过跌三女子堨，通到了刘东明家屋下的一块大田里。还有几股水没有利用，那些水便淌在了池塘里。池塘下面是一个坡坎，有一条不好走的小路，打空手人可以走下去，背东西就有些吃力了。泉水流下去钻进了石缝，然后淌进沟里，最后下了河。滴水岩过去是坟儿堨。坟儿是埋葬娃娃的地方。几百年来，几里范围内，凡是谁家死了小孩都要埋葬在那里。然而那里又是一片好牧场。一般人是不敢去那里割草放牛的，只有刘文川不怕。他把牛牵到坟儿堨里，专心致志地在滴水岩边看书，山泉的潺潺声，深谷里鸟儿的鸣叫声对他没有任何影响。如果看疲倦了，他一边玩着泉水，一边顺着水沟走，一直走出头。如果觉得滴水岩那里不好玩，他拿着书小心翼翼地抓住坡上的荆棘，从小路下去。下面是一个草坪，周围生长了几丛黄荆，中间是一块面积约两三平方米、高一两米，东高西低的石头，从滴水岩淌下来的泉水从石头侧面流过，那里长满青苔，他在石头上或坐或仰，一边看书一边听着"咚咚"的泉水声。

看累了，要么在石头上睡上一会儿，要么就静静地坐在那里天马行空地想着。

12月份，上面有了新政策，牛归生产队集体统一饲养。农户养不成牛，刘文川也放不成牛了。从10月份到12月份，刘文川放了两个多月的牛，也就看了两个多月的书，少部分书是从李超全那里借来的，大部分是向周定魁和乔正家借的。

九、离家

　　没有了牛放，刘文川也就安不下心来看书了。他十分畏惧贺国炳来逼他出工，垂头丧气地对父母说："爹妈，我不想待在家里了！"

　　"为什么？"刘东明看着儿子惊奇地问。

　　见儿子委屈的样子，心软的母亲流下泪来。

　　"我想到大哥那里去，"他说，"找表叔帮忙，去歧坪背煤做临时工，挣来的钱，一边维持生活，一边买点书看。"

　　刘东明抽着闷烟，沉默不语。

王金凤见丈夫不说话，对丈夫说："我认为文川这个办法好，只不过又要麻烦亲家了。"

"那就依文川的吧。"刘东明站起来问儿子，"你准备什么时候去？"

"明天。"儿子坚决地说。

晚上，王金凤给儿子准备着出门的东西，刘文川连夜将没看完的书还给了周定魁和乔正家。他的书架上有三十多本书，这些书都属于他自己。他久久地看着那些书发呆，自言自语地说："不出几年，我这屋里会有更多的书。"

鸡叫三遍，刘文川准备出发了，走时父亲给了他一把手电筒。

这次刘文川走的是另外一条路，他曾与父亲和两个哥哥赶石滩口场时走过这条路。他走三河场，爬碑垭子坡，过韩坡垭，然后到长乐。刘文川爬完碑垭子坡天就亮了。他又走了一个多小时才到长乐。长乐离公社十四五里，离千佛场四五里，离石滩口场八九里。这里的人很少赶三河场，一般不是赶千佛场，便是赶石滩口场。在石滩口约离长乐五里的路边有一道梁，叫字库梁。字库梁地势较高，周围有许多歇息的石礅，那些石礅不知是哪个年代留下的，上面全磨光了，有些石礅上还有一两寸深的凹槽，赶场的人走累了就坐下来休息片刻。刘文川坐在字库梁的石礅上歇息了一会儿。这里很荒凉，风呼啦啦地吹着。刘文川见风大，只待了几分钟就走了，走出头那下面是有名的蓝罐河。一走出头下去是三四百级石梯步，那些梯步有六七寸深的凹槽，不难看出，这是几百年来人们赶石滩口场走出来的。可想而知，这条路的历史是多么悠久。

蓝罐河平静得像一面镜子，在河道最窄处修建了一座石桥，有六个墩，宽二米五、长四五十米。在石滩水电站没有修建以前，河里的水在桥墩下面，水电站修起来后，河里的水涨起来三四米，现在水离桥面不到一尺了。刘文川一走到桥上，就看见一个青年男子和一个年轻女子各驾着一条独木舟在河里捕鱼，不难看出，他俩是夫妻，男子的船上有四五只鱼鹰，女子的船上有两只水獭，想必是头天晚上下的网。两口子手上捧着网，网上不时露出白花花活蹦乱跳的鱼。鱼少时，两口子就用手把鱼从网孔里取出来放到鱼篓里；鱼多了，男子手上拿着竹竿赶鱼鹰下去捕捞。鱼鹰的口里能藏四五条鱼，当它口里装不下时，才从水里冒出来，这时主人家将船靠拢，逮住鱼鹰把它口里的鱼一条一条地倒出来，然后给它喂两条小鱼，鱼鹰吃了东西，甩甩头，扬扬长长的脖子，"嘎嘎"地叫几声，扑棱棱扇了两下翅膀又下河了。如果不喂它吃的，它伸出长长的脖子，懒洋洋的，半天不下水。水獭不像鱼鹰那样，一般它不下去，有大鱼时它才下水。

刘文川站在桥上看了一二十分钟，鱼鹰下去了无数次，捕了不少鱼，水獭也捕了几条一尺多长的大鱼。刘文川看着不想走。当两个打鱼的到了上河，他才向对面走去。

上了两三个坡，翻过了一道山梁，下去便是石滩河，顺河边走四五里就到了石滩水电站。水电站坝上的水零零星星、断断续续地流着，与两三个月前的奔流而下、气势磅礴没法相比。

刘文川没有打算直接到他大哥家里，他想去找一下张小红老师，他上次在张老师那里借的书没有看完就让李明刚还了，他想继续借来看。水电站离学校不远。

"张老师，您好！"刘文川十分有礼貌地问候道。

"哦，是刘文川，你有什么事吗？"张老师问。

"我想借上次那本《苦菜花》，"他说，"我还没有看完，就让李明刚拿来还了，张老师，我想再借借行吗？"

张老师见他对书那副痴迷样，爽朗地笑了笑说："行。"

张老师在书架上把《苦菜花》拿来交给他说："那你写个借条吧。"

刘文川写好了借条，说："张老师，要押金吗？"

"不要。"张老师拿过借条说。

"谢谢张老师！"刘文川双手接过书说道。

刘文川走到李家，大哥、大嫂和表婶都没有在家。

姜老太在院坝里淘菜。

"表婆？"刘文川喊了一声。

"哎呀，是文川呀，还没有吃晚饭吧？"

"还没有。"刘文川说。

"那好，我去给你做。"说着就走进了灶房。

姜老太给刘文川下了一碗挂面。刘文川肚子早已饿得咕咕叫了，他狼吞虎咽地吃了起来。

"慢慢吃，不要噎着了。"姜老太说。

"好的，谢谢表婆！"

吃完饭，他因实在太困去睡了一觉，醒来已是掌灯时候了。

姜老太老早就把饭做好了，景秀英到县里开会去了。刘文山和李明华收工一回来，姜老太就说："文山、明华，文川来了。"

听说文川来了，刘文山和李明华惊喜不已。

"婆婆，他在哪里？"刘文山迫不及待地问。

"下午我给他煮了一碗面，他走累了，在客房里睡觉。"

刘文山与李明华走进客房，见刘文川睡得正酣，怕惊醒弟弟，夫妻俩小心翼翼地出来了。

又过了半个多小时，刘文川醒了。

"大哥、大嫂你们回来了。"刘文川从客房里出来看到大哥和大嫂说。

"醒了，刚才我与你大哥去看你，你正睡得酣呢。"李明华笑着说。

"文川这次来是有什么事吗？爹妈身体好吗？"刘文山问。

"爹妈身体好着呢。"刘文川说。

于是详细地把贺国炳逼他出工，母亲替工，他在家里放牛，现在牛又归生产队养的事和他想找表叔到歧坪做临工的事向大哥、大嫂说了，在说的过程中，刘文川还抹起了眼泪。

刘文山沉默了半天说："弟弟，振作起来，没有什么了不起的。你到歧坪去做临工的事等我问过岳父再说吧。"

饭后，李明华烧了洗澡水，刘文山带弟弟去洗了澡，然后带他到客房去休息。

刘文川刚进屋，李明刚就来了。刘文川喜不自禁，热情地喊他坐。

"你在张老师那里借书，她没有说什么吗？"

"没有。"

"交押金了吗？"

"没有。"

李明刚担心影响刘文川看书，玩了一会儿就走了。

刘文川看了大半夜书。

仅三天时间，刘文川就把《苦菜花》看完了，他又找李明刚跟他同路到张小红老师那里去借了几本书。

几天后，景秀英回来了，与她一起回来的还有李成均。李成均难得回来一次，他一回来，就直接到母亲的屋里去了。

"妈，我回来了。"儿子笑眯眯轻言细语地说。

见儿子回来了，姜老太乐开了花，说："你有一个多月没有回来了吧？"

"厂里事多。您身体没闹什么毛病吧？"

"还好。"姜老太说，"刘文川来十多天了，在客房里看书呢。"

"哦，他来了好，陪陪他大哥，免得文山想家。"

"均儿说的是，我也想刘家经常有人来，文山才不想家。"

"那就辛苦、麻烦妈了。"

"我身体还行，只要你们过得好，我做起来就有劲头。"

李成均见母亲说这话，开心地笑了。

李成均从母亲屋里出来径直到了客房。

"文川，看书呢。"

刘文川见是表叔回来了，嘿嘿笑了一声问："表叔，你回来了。"

"嗯，你表婶也回来了。"

刘文川去见了景秀英。

中午，刘文山和李明华收工回来，当小两口见到父母时，由衷地高兴。

刘文山把刘文川来这里的事向二老说了。

李成均说："接近年关，上面和外地来人多，没有地方住，等年后再说吧。"

"谢谢爸，只要有您这句话，我就放心了！"刘文山感激地说。

李成均要回厂里，走时专门来到客房对刘文川说："文川，我走了，你在这里安心看书，如果张老师那里不方便，你就到我们厂里来借。"

"嗯，你慢走，表叔！"刘文川把李成均送出了门。

刘文川在春节到来之前分别给父母和二哥写了信。

敬爱的爹妈：

　　我在大哥这里已经有二十多天了，大哥、大嫂、表叔、表婶和表婆都对我很好，望你们放心！至于我到歧坪去做临工的事，表叔也同意了，不过，他说要等到年后，因春节期间上面来厂里检查和外地来参观学习的人多，厂里住宿紧张。这段时间，我天天在李家看书。

　　爹妈，我在这里很好，你们不要挂念，我今年打算就在这里过年。

　　祝爹妈身体健康！

儿：文川

1974 年 1 月 7 日

亲爱的二哥：

　　我现在是寄人篱下，到大哥这里已经有二十多天了。贺国炳逼我出工，经爹妈商量，妈去出工，我在家里一边放牛一边看书。可是时间才过了一月半，上面有了新政策，牛归生产队统一饲养，这下我又没着落了。为了躲避贺国炳逼我出工，我只好离开家来了大哥这里。我来大哥这里的事可能大哥已经在信中跟你说了，在此我就不赘述了。

　　翻过年我就要到歧坪去做临工了，这是没办法的办法，等我长到十八岁时，也去当兵，或进工厂。

　　我在这里很好，望二哥不要挂念。

　　祝二哥在部队里一切顺利！

弟：文川

1974 年 1 月 7 日

刘文川在张老师那里借来的书看完了，他想把信寄了，顺便再去张老师那里借几本书回来。

刘文川寄了信，在张小红老师那里借了七本书回来。

已经到了一年四季中最冷的时节。刘文川每天起得很早，要看一个多小时的书天才亮。前些天，姜老太每天一早给他生一个焦炭炉子，刘文川一次都没有烤，他说不冷。其实他每天冻得瑟瑟发抖，有时候冻得清鼻涕长流，他不想给老人家添麻烦。姜老太见他不烤，再也没有给他生炉子了。

转眼春节到了，李成均把厂里的事安排妥当了年三十才回来。团年饭是景秀英和李明华两人做的。景秀英说，婆婆给一家人做了一年的饭，一年中最后一顿饭由她和女儿来做。团年饭很丰富，鸡鸭鱼肉一应俱全，一家人其乐融融。然而，寄人篱下的刘文川，心事重重，怎么也高兴不起来。饭后一家人都去做其他事了，他回到客房竟伤心地哭了起来。

初一那天，刘文山问："文川，你回去吗？"

"大哥，我不回去，我没有出工，回去了贺国炳要找我的麻烦。"他低声细语地说，"你回去代我向爹妈问好。"

"那好，我与你大嫂回去了。等会儿景家两个舅舅要过来，如你没地方看书，就到我们屋里去。"

"嗯，你跟大嫂多耍几天，不要担心我，我只要有书看怎么都行。"

李明华走时给了他五元过年钱。

刘文山和李明华走了不多久，景家两个舅舅来了。两个舅舅一来就摆起了牌摊子。李成均陪两个妻弟打牌，景秀英和姜老太做饭。刘文川把书拿到他大哥、大嫂屋里去看。

"刘文川，走，到我家里去，哥哥和嫂嫂都走了，我一人在家里。"李明刚走来说。

"好的。"刘文川拿着书到了李明刚家里。

见李明刚一人在家，李成均把侄儿喊来吃午饭，接连几顿饭李明刚都是在他幺爹家吃的。

正月初二，李明刚对刘文川说："石滩口每年正月初一、初二都要放电影，你去看吗？"

刘文川说："去。"

李明刚为难地说："可是我身上没有钱。"

"我有，多少钱一张票？"

"一角五。"

"算我的。"

刘文川走时给表婶、表婆打了招呼。

刘文川一走出门就犹豫起来了，心想，他是在别人家里，怎么能这么随便呢？表叔表婶家里来了客，帮他们打打杂，不是更好吗？

"李明刚，你一个人去好了，我又不是在自己家里，不能那样随随便便。"他把一元钱交给李明刚说，"你拿去买电影票吧。"

"买电影票要不了这么多钱。"李明刚没有接。

"为帮我借书你跑了不少路，剩余的就算给你的补偿。"刘文川硬把钱塞到了他手上。

"你不去，我也不去了。"

"你不去就不是我朋友。"刘文川生气地说。

李明刚把钱拿在手上犹豫了起来。

"快去呀，中午饭我让婆婆给你留着。"

"好吧，那我走了。"

那天中午李家来了许多客人。

"你怎么又回来了？"景秀英问。

"我不去了。"说着，他就坐在灶前烧锅。

"你不去也好，我跟你表婆忙不过来，正好可以打打下手。"景秀英说。

稍微有空了，刘文川就走出灶房去给打牌的人沏茶拿烟，在屋里擦桌摆凳、清洗杯筷。吃饭时，他往席桌上端汤上菜。

李成均见刘文川那样忙碌着，夸奖他很懂事。

多数客人吃了饭就走了，但也有客人没有走，其中包括景秀英的两个弟弟。

饭后刘文川又帮忙收拾碗筷。李明刚回来就到吃晚饭的时间了。

正月初三，李成均就要去上班了，景秀英跟两个弟弟回了娘家。

李成均问："你是在这里与李明刚耍，还是跟着我去？"

"表叔，我跟你去。"

"那好，你去收拾吧。"

刘文川收拾好了东西，向姜老太道了谢，又与李明刚打了招呼就跟着他表叔走了。

　　李成均到了厂里，下午开了会，接到县里通知，让他正月初四到县里开生产会议，时间五天。在走之前他把五天的饭票交给了刘文川说："我要到县里开五天会，这是五天的饭票，你到歧坪去背煤的事，等我回来了再说。我走以后，你就住在我的寝室里。我已经给穆月桂说了，你可以去图书室看书。"

　　"谢谢表叔！"刘文川说。

　　李成均一走，刘文川就到了图书室。穆月桂正在忙碌着，见刘文川来了，问："文川，你表叔已经把你的事情跟我说了。你去背煤，当搬运工，那可是个苦活，你吃得消吗？"

　　"吃得消。"刘文川坚定地说。

　　正月初五，刘文山和李明华来了。他俩见父亲李成均寝室的门锁着，就去问厂里的人，他们说，李厂长进城里开会去了。他俩知道弟弟刘文川在图书室，便径直向图书室走去。

　　"刘文川！"刘文山在图书室门外大声地喊。

刘文川听到有人喊，连忙放下手里的书走了出来。

图书室只有刘文川一人，穆月桂做其他事去了。

"大哥、大嫂你们来了。"刘文川见是大哥、大嫂高兴不已。

刘文川关了门就领着大哥、大嫂向李成均的寝室走去。

"爸爸什么时候走的，要开几天会？"刘文山问。

"前天去的，开五天。"刘文川说，"爹妈都好吗？"

"爹妈都好。"刘文山说。

"你在这里好吗？"李明华问。

"很好！"刘文川说。

"我给你做了一双鞋，你试试看合适吗？"李明华从背篓里将新鞋拿出来。

刘文川接过大嫂手中的鞋穿上走了走说："合适，谢谢大嫂！"

"你在这里习惯吗？"刘文山问。

"习惯。表叔、表婶和表婆对我很好。"

"你什么时候去背煤？"刘文山问。

"表叔回来我就去。"刘文川说。

"你二哥给你写了一封信。"刘文山把信交给他说，"我们走了，你自己要照顾好自己。"

"嗯，大哥、大嫂，你们放心，慢走。"

刘文山和李明华走后，刘文川看起信来。

弟弟：

　　看了你从李家给我寄来的信，我忍不住流泪了。你这么小的年龄本应该在学校读书，抑或是在父母身边，可是这两个条件你都没有占。从你二嫂的来信中得知爹妈的意见，他们对你很是宽容，因为你毕竟还没有成年。贺国炳逼你出工，他做得也太过分了。

　　你的选择，我一如既往地支持，不过就看你能不能坚持下去。坚不坚持得下去，这是一个方面，还有一个问题我要问你，你的生活怎么解决？你在表叔家吃十天半月是可以的，那么时间长了呢？一个月两个月呢？三四个月呢？在写给大哥的那封信里我也谈到了这些问题。大哥在来信中说让我别操心，你的生活他们一家管了，这事他与明华、岳父母都商量过。李家爸说，你在那里，大哥就不想家了。

是的，我想只要有大哥、大嫂在那里我就放心了，我想，爹妈也是放心的。背煤这种活儿非常辛苦，你要劳逸结合，不要累坏了身体。

二哥：刘文海

1974 年 1 月 21 日

刘文川看完信，嘴唇抿得紧紧的。

李成均一回来就与歧坪搬运公司联系好了。

歧坪搬运公司一共有百多号人，不需要什么条件，只要所在地有个证明就行。刘文川不可能回去拿，他回去生产队赵队长也不可能给他开证明。他的证明，是李成均厂里出的。

搬运公司分了两个组，背一百至一百一二十斤的是一组，背七八十斤的是一组，一般情况下，男劳力是一组，妇女和未成年人分在一组。背七八十斤的是妇女和一些未成年人，如刘文川等。进了搬运公司，只认牌子。男劳力那组发的是黄牌，妇女和未成年人那组发的是蓝牌，一个黄牌顶两角钱，一个蓝牌顶一角五分钱，凭牌在出纳处结账，一天结一次，也可以几天结一次。搬运公司没有准备生活用品，也买不到任何吃的东西，一般都是吃了早饭来，自备一顿中午饭。铁木厂早餐是三两粮，两个馒头，一碗稀饭。刘文川早饭在铁木厂吃一份，再领一份，领的是三个馒头，备的中午饭。第一天背了十七趟，他把牌子拿去换了二元五角五分钱。

背了一天煤，刘文川身上脏兮兮的，他有点不好意思，磨磨蹭蹭等到天黑时才回去。

"文川，你怎么这么晚才回来，今天累不累？"李成均关心地问。

"我身上脏，白天不好意思回来，只好天黑了才走。"刘文川说。

"那你明天多带一套衣服，上班时穿一套，下班了就把衣服换下来。"李成均说。

"表叔，你这个办法很好。"刘文川笑着说。

"换了衣服吃饭，我给你打回来了。"

"谢谢表叔！"

刘文川脱下脏衣服，洗了手和脸，换上了干净衣服。

李成均见刘文川做的是重体力活，吩咐厨房给他多加了一个菜。自那以后，天天如此。

刘文川吃了饭就去睡了。

刘文川接连背了三天煤，挣了八元多，喜不自禁，但累得浑身像散架了似的，实在是坚持不下去了。那天，他整整睡了一天，李成均到别的兄弟厂参观学习去了，三顿饭还是穆月桂端来的。他想边背煤边看书，或背几天煤看几天书，但背了两天煤，他有了新的想法，他打算安安心心地背煤，等手上有了钱再说别的事。

刘文川不间断地背了两个多月煤。

一天，他收工回来往铁木厂走去，在歧坪坡上遇到一个年龄与他相仿的少年，少年从老观背了一麻袋粮往歧坪走，背系断了，那里前不着村、后不着店，又找不到东西接，眼看天就要黑了，他急得在那里捶胸顿足。

　　"你把我的夹背拿去背吧。"刘文川说。

　　他像遇到了救星，感激地说："那我怎么还你呢？"

　　"如果你讲信用，明天上午你把夹背带到歧坪搬运公司，我去拿。"刘文川说。

　　"请你放心，我一定送到。"他自我介绍道，"我姓唐，名力，差俩月就满十七岁了，老观区人，住在老观与歧坪的交界处。请问你姓什么，叫什么名字？"

　　"我姓刘，叫刘文川，快到十六岁了，是千佛区三河公社人，我大哥的岳父李成均在老观铁木厂当厂长。"

　　"哦，李成均厂长，我们老观人都知道，他是个好厂长。谢谢你，你真是个好人！"唐力说。

九、离家　　129

刘文川帮他把麻袋里的粮食倒在夹背里。

"谢谢，我们明天见。"唐力握住刘文川的手说。

第二天，刘文川去拿夹背，唐力已在那里等候多时了。

"昨天要不是你借给我夹背，我真不知道该如何是好呢，即便家里人来接我，那也是大半晚上了。"唐力说。

"这算不了什么，区区小事而已。"刘文川接过夹背说。

"刘文川，你别去背煤了，太脏，你跟我到老观粮站背粮吧，背一天粮与背一天煤工价差不多。"

"那太好了，"他问，"背粮要什么手续？多少钱一百斤？"

"不要任何手续，我给粮站里说一下就行了，背一百斤七角。"

"什么时候能去？"

"今天去都行。"

"我没有背粮的麻袋呀。"刘文川为难地说。

"那你哪天准备好，来老观粮站找我就是了。"

"好的，谢谢你！"刘文川高兴地说。

刘文川回去就把这事告诉了李成均。李成均说："文川，背粮好呀，起码可以穿点干净的衣服。"

为了给刘文川找背粮的麻袋，李成均几乎问遍了厂里的所有职工，最后在炊事员那里借来了麻袋、背系和打杵子。可是，炊事员人高，杵子也长，刘文川借过来不能用，李成均找木匠给刘文川重新做了一个。

刘文川是一天下午去的，粮站有很多往歧坪背粮的人。唐力说，他一般下午三点钟准时到老观粮站来领粮。刘文川不到两点就到了，在那里等了一个多小时。

"你来了？"唐力向他打招呼。

老观粮站有二三十个木仓，每一个仓里都有人，来背粮的络绎不绝，唐力带着刘文川来到人稀少的一个仓库里。

唐力和刘文川装好了麻袋里的粮。

"装多少斤？"施秤员问。

"八十斤。"唐力说。

"你呢？"保管员问刘文川。

"他是我的一个朋友，刘文川。"唐力说。

"我背七十斤。"刘文川说。

保管员称了一个八十斤，称了一个七十斤。保管员在票据上填写了金额，又写了唐力、刘文川二人的名字。

"粮食背拢交了，歧坪粮站保管员签字盖了章到这里来结运费。"保管员把一张蓝色的票据交给唐力说。

"知道了。"唐力接过保管员手上的票据看了看。

刘文川第一次背还不会在麻袋上打背系，唐力帮他打，只见他很熟练地几下就打好了。

"走吧。"唐力把背在背上的粮放在打杵子上说。

刘文川也背了起来，他把背上背的粮放在杵子上。初期歇息粮在打杵子上不稳定，偏来倒去的。

"背上几次就好了。"唐力说。

他们走得快，交粮回来天还没有黑。

"背粮与背煤哪个活儿轻松？"李成均问。

"当然是背粮喽。"刘文川说。

有的是吃了早饭去，有的是不吃早饭去，先把粮领了背回来，饭后才把粮背到歧坪。唐力就是这样。不过，这要顺路才行。

唐力一早去领粮，刘文川也只好这样。一早领回来，吃了饭又往歧坪背去。

往歧坪背粮，有背两趟的，有背三趟的，背两趟的，一天不那么忙，但背三趟的，两头都要摸黑。唐力有时背三趟，有时背两趟，刘文川一天只背两趟。李成均因工作忙，没有时间等刘文川回来吃饭，饭是穆月桂帮刘文川打回来放到图书室的，往往刘文川回来饭菜都凉了，她不厌其烦地用煤油炉热，就像照顾小弟弟那样照顾他。

背粮虽然辛苦，但也充满快乐。去时一路人，没有哪一个不是背着沉重的东西，气喘吁吁，挥汗如雨，三步两歇的。路上什么都不屑一顾，只有那些供人歇息的台墩受人青睐。从老观到歧坪的路上，隔一两百米就有一些歇息的台墩，这些台墩是先人们留下来的供那些背东西的人歇脚的。即便是一路的台墩数不胜数，但因背挑担的一拨还没有走，另一拨又来了，那些台墩也总是供不应求，不过大家都互相谦让。前面的人稍微歇下，见后面的人来了，就立马起身又走，留给那些需要歇息的。

刘文川背了两个多月都很顺利，一个初夏的早上，唐力神秘地对他说：

"刘文川，你今天一早把粮背到我家里去，有好事给你说。"

刘文川不解地问："为什么要背到你家里去？"

"来了你就知道了。"

"好吧。"

刘文川与他同路把粮食背到了他家里。在他家里吃了早饭，他说：

"在路上我没法跟你说，你从口袋里倒出两三斤粮食，然后装两三斤石头进去，把石头放到粮食深处，施秤员只看秤够不够，不会检查麻袋里面，只要施秤员一称，我们随机就将粮食背到仓库里，然后迅速用粮食掩盖住石头，任何人都发觉不了。"

刘文川听了，打了一个寒战，阴沉着脸说："唐力，这是在损害国家利益，你跟谁学的？干了多久了？"

唐力低着头，结结巴巴地说："我们生产队的人，有一段时间了，他们都这样做。"

"你去劝他们马上收手，你也别干了，这是在损害国家利益，千万干不得，若被粮站里的工作人员发现了是要受处罚的，不仅如此，还要背一个盗贼的不好名声。"刘文川说着就背着粮食走了。

唐力傻愣愣地看着他。

第二天，刘文川找唐力把运费结了。

刘文川回到铁木厂将这事告诉了他表叔。李成均说："文川，你做得很对！"

刘文川怕受牵连，说："表叔，我不想在这里干了。"

"你要回家？"李成均说，"你这么久没有回去，回去看看父母也好。"

刘文川去向穆月桂告别，穆月桂哭了。

"你怎么说走就走了？"穆月桂哽咽着问。

"我想回了，不想在这里干了。"刘文川低着头说。

穆月桂还在哽咽中，刘文川已经走出了图书室。

　　李成均给他找来了上次送他的那辆拖拉机。刘文川说他回家前还要到老观供销社买一些书回去。

　　刘文川在那里买了一百多本书。他坐在拖拉机副驾驶上，拖拉机"嗒嗒嗒"地响着，他双手紧紧地抓住拖拉机，转头看着那些在拖拉机上抖得乱七八糟的书，满意地笑了，他琢磨着，这些书会把木板装满，足够他看三四年了。

十、书橱

　　贺国炳不当作业组长了，因工作手段过于强硬，反对他的人不计其数，他实在是当不下去了，不得不辞了职，又编篾去了。作业组长成了贺国安。

　　木板上的书已经放不下了，刘文川很想做一个书橱。他把这个想法告诉母亲，王金凤说："有个书橱当然好，问题是缺乏木材。"

　　刘文川从老观回来的第三天下午去看同学周新锐，到周新锐家时，他刚从床上起来，见是刘文川来了，喜悦之情溢于言表，他抠了抠头问："你什么时候回来的？"

"回来有几天了。"

周新锐让他坐，并给他倒了一杯茶，刘文川边喝茶边把他在老观，大哥、表叔那里的情况向周新锐说了。周新锐专心地听着，听得津津有味，刘文川讲的这些，他很感兴趣。

"你还在出工吗？"刘文川问。

"我早就没有出工了。"

"那你没有出工在干什么？"

"父亲要我去学一门手艺，他把我带到狮子公社郑师傅那里去学打铁，学了一段时间，我嫌打铁又苦又累又脏，就没有去学了，我现在在做生意。出工一天六分工，才一角多钱，做生意一天可以赚一元多，是出工的十倍。"

刘文川好奇地问："你都做些什么生意？"

"只要能赚钱，什么生意都做，"周新锐说，"在苍溪县龙山镇背魔芋到我们这里附近场上去卖，还到鹤峰的石曲子扛木材到仪陇县的新华、老木口去卖。"

听说扛木材，骤然间刘文川就想到他的书橱来，问："周新锐，我想做个书橱，有这方面的木材吗？"

"石曲子什么木材都有。"周新锐说，"如果你想买木材，等我赶了这一场卖了魔芋，我带你去一个地方，那里有很多卖木材的，你想买什么木材就有什么木材。"

"谢谢你啦！"刘文川高兴地说。

刘文川回来，又去找他们生产队里的黄木匠，他手艺好。

黄木匠没有在家，刘文川听说黄木匠在生产队做拌桶，又到生产队去找。

黄木匠是一个四十来岁的中年男子，中等个儿，微胖，面容慈祥，满脸的络腮胡。刘文川走到保管室时，他正在用刨子推一块木头，"嘘嘘"的刨子声，一声接一声，雪白的刨花带着木头的清香飞快地从刨子出口飞出。

"黄师傅，你好！"刘文川腼腆而轻声地问候了一声。

黄木匠一看，见是刘东明的幺儿子刘文川，就停下手中的活儿，问："你找我有什么事？"

"我想做个书橱，"刘文川羞涩地说，"黄师傅，您看用什么木材做好呢，需要多少木材？做出来需要多少钱？"

这真把黄木匠给问住了，他十多岁就跟随师傅学艺，二十岁出师，做过各种家具、农具，还没有做过书橱。

"文川，"黄木匠说，"你真把我给问住了，书橱我真的还没有做过，不过，我倒见过，我想不会太难吧。至于用什么木材，当然是柏木和樟木最好。需要多少木材，这就看你要做多高多长的书橱。"

刘文川不假思索地说："高两米、长三米的书橱。"

黄木匠大概算了一下，说："做你那样的书橱需要四百斤至五百斤木材，连请解匠和木匠在内大约需要两三百元。"

刘文川手上只有一百多元钱，做一个书橱的钱，还差得多呢。

回去他把找黄木匠做书橱的事向父母说了，刘东明也觉得造价大。刘文川说想跟周新锐去做生意，赚来的钱就拿去做书橱，刘东明和王金凤夫妇极力支持儿子的想法。

周新锐卖了魔芋，这一趟四十多斤魔芋，赚了四元八角钱。

卖了魔芋的当天下午，他带着刘文川出发了。他俩过桥河，爬苟家梁，过苏家垭，上狮子坪，然后到石曲子，这段路有三四十里。石曲子在山梁上的一个垭口上，海拔六七百米，地处阆、巴、苍三县交界处，是个三不管的地方。20世纪六七十年代，物资紧缺，尤其是木材。石曲子俨然是个分水岭，就像秦岭一样，秦岭以北属于北方，秦岭以南属于南方。人们通常把苍溪和巴中比喻秦岭以北，阆中比喻秦岭以南。苍溪和巴中森林面积多，木材过剩；而阆中森林面积少，缺乏木材。那时是计划经济时代，物资不流通，这里自然就形成了一个木材交易的黑市，在那里交易的人成百上千，人来人往，热闹非凡。

周新锐和刘文川在黑市里走来走去，里面卖各种木材的都有，有卖原木的，有卖方料的，有卖檩棒的，有卖木枋的，不一而足。周新锐把刘文川带到一个名叫叶丽娟的女子那里。那女子身高比普通女子稍高，长相出众，身边放了一堆大小不等、长短不一的木材，有旧房的门方、方料，还有几根檩棒。其中一根不知是原木还是檩棒，树是剥了皮的，端端正正的，直径有一二十厘米、长约三米，两头粗细几乎一致，放在那里格外显眼，凡来买木材的，没有人不来看看或摸摸，问问价。周新锐曾在她那里买过不少木材，所以认得。

"叶姐，你这个木材是什么木，多少钱才卖？"

叶丽娟见是周新锐，莞尔一笑说："周兄弟，这个木材好得很，你是我的老客户，外人买我要价十八元，你买，给十六元，少两元。"

周新锐看了看那木材，摸了摸，又把木材抱起来掂了掂轻重，觉得比柏木还重。因不知道究竟是什么木材，不敢贸然行事，犹豫了一阵子，还是依依不舍地放弃了，担心买回去跌本。接着又有几个人与周新锐一样，看了看、摸了摸，抱起来掂了掂重量，最后都摇了摇头走了。

　　周新锐与刘文川在黑市里转了转，周新锐在另一家买了一对柏木床方。刘文川一直没有买到合适的木材，他是第一次做这生意，眼力不行，没有多少把握。周新锐也帮刘文川看了几处，不是木材不行，就是价格偏高，心里总觉得不满意。有句话叫"货比三家"，他认为叶丽娟卖的那块木材还算得上是货真价实。

　　"我想把叶丽娟那块木材买了。"

　　"那根木材十六元倒是便宜，就是不知道是什么木材。"

　　"那根木材拿到我们那里市场上能卖多少钱？"

　　"好木材起码在二十元以上。"

　　"假若是一般木材呢？"

　　周新锐沉默了片刻说："这就不好说了。"

　　刘文川考虑再三，确定买那根木材。他俩又来到叶丽娟那里。

　　周新锐说："叶姐，这是我同学，叫刘文川，他是第一次做木材生意，没有经验，你不要骗他哟。"

叶丽娟见有人买她的木材，脸上顿时堆满了甜蜜的笑容，收了他的钱，嘴巴更甜了，笑盈盈地说："刘兄弟，这根木材这么漂亮，很适合你的身份，嘻嘻，祝你好运。"

　　他俩走时，叶丽娟还送了他俩一程。

　　从家里到石曲子，一路没有一家庄户人家，唯有一个铁匠铺，周新锐说，一年前他父亲带他来这里学过艺。这个铁匠铺有几百年的历史了，中华人民共和国成立前属于私人财产，新中国成立后归了集体，现在属于国营。铁匠铺全是石头码起的，上面盖的是茅草，侧面有一棵古老的槐树，树干长得奇形怪状、千疮百孔，但树冠仍然生机勃勃，关于这棵槐树有很多离奇古怪的传说，都是关于鬼神的。周新锐和刘文川来时铁匠铺没有人打铁，他俩回来时一对中年夫妇在打，女的拉风箱，男的抡锤打，当铁烧红了，女人也拿起锤子不停地打，一阵"叮当，叮当"均匀的铁锤声响彻在寂寞的夜空中。

　　"打铁的是郑师傅，"周新锐说，"那个女的是郑师傅的妻子。"

他俩没有走进铁匠铺，只是在离铁匠铺十多米远处看了一会儿。从铁匠铺上去，爬五六十米坡就到了苏家垭，苏家垭到苟家梁四五里，是一道光秃秃的山梁，路从山梁的正中过，两边全是石谷子，如子弹和鸡蛋大小的坚硬石子遍地皆是，风稍微吹大点，那些小石子打在脸上生痛。天上群星灿烂，一路上，嗖嗖的夜风时断时续地吹拂着。他俩扛着木头走走停停，回去已经半夜了。周新锐没有回去，直接把木材扛到了刘文川家里，第二天好赶老木口，反正他赶老木口或新华都要从刘文川家门口过。他俩回去只睡了两个多小时，天不亮就往老木口赶。

周新锐一到市场上，就开张了，那对床方他赚了三元八角钱。刘文川一直到下午的两点钟都没有把木材卖掉，他先叫价二十一元，见无人问津，随后把价格调到二十元、十八元、十六元，最后以十一元的价格才卖了出去。刘文川辛苦了一天一夜，费尽周折，不但没有赚钱，还倒贴五元，他沮丧不已。

第二天，周新锐把刘文川带到一个叫银子包的地方，他说他母亲的娘家就住在那一带，离家不到二十里，属于巴中管辖。他俩在离银子包前一里多就分了路。周新锐朝银子包相反的方向去了，刘文川则往银子包走去。

刘文川走了一二百米，来到了包上。包上是一片茂密的松林，他好奇地在松林里转悠，遇到一片光滑的石坝，石坝与石坝之间是大大小小的堰塘，在一口椭圆形的堰埂上，有几十只白鹤在晒翅。他在干净柔软的松叶上坐了下来，风吹树叶的飒飒声不绝于耳。他在那里待了好一阵子，然后从一个堰塘边的小路往下走。走着走着，看到半岩坡上出现了几个雕刻精致的石像，他感到好奇，快步向那几个石像走去。石像上面爬满了长长短短的藤蔓，有的还开着鲜艳的小花。这些石像，有的完好无损，有的残缺不全。石像下面有条宽敞的石梯步，他大步走上去。走完石梯步，又是路，那路蜿蜒曲折，一直向前面延伸。

刘文川走了二十多分钟来到塝上，他逢人便问谁家有木材卖，问了几户，没有人搭理他。他走到一家大院子，那里聚集了很多人，一问才知道，这家人在过生日。他问有没有木材卖，那些人说，这里每天都有很多人来问木材，即或有也早卖了。有一个中年男子，自我介绍说姓鲁，他说他家卖一根柏树，树砍了已经一两个月了，半干半湿的，他家住在碾盘庙，离这里有五六里，等给舅舅过完生日，马上就回去。

随后，刘文川跟随姓鲁的中年男子到了碾盘庙。

中年男子把刘文川带到他家看木材，那是一根长三米五、直径三十厘米的柏树。刘文川抱起来试了试轻重，少说也有一百三四十斤。刘文川问："鲁叔叔，您多少钱才卖？"中年男子说："少不了二十八元！"刘文川问："二十五元卖吗？"那中年男子也爽快，二十五元卖给了他。刘文川见二十五元买了这么一根柏木，高兴异常。他问："鲁叔叔，到望垭口走哪条路？这里离望垭口还有多远？""从我屋下几条田埂走出头，那里是一条大路，大路下去走三里多有一个石拱桥，桥过去有两条路，向左走是到张公桥的路，向右走是到望垭口的路，这里离望垭口还有七八里。"中年男子说。

刘文川一肩就把木材扛到了大路上，他在那里歇息三四分钟这才一鼓作气地扛下了河。拱桥下面的河水哗啦啦地流淌着，过了拱桥，他把木材一头放在桥头上，一头放在地上，这样放走时好起肩。河里没有多少水，满河坝光溜溜的石头，水就从石头与石头的空隙间流过。他身上出了几次汗，汗津津的，觉得很不舒服，看到那清净的石坝和清清的河水，就想到河里洗洗。他来到河里，脱下衣服放在石头上，舒舒服服地把身上洗了一遍，全身顿感神清气爽。他在河里喝了几口水，又上路了。

下坡路走起来容易，可是上坡路走起来就难了，尤其是还扛着那么重的东西。这里到望垭口还有一半路，几乎全是上坡路。从鲁家的家里到河下，他扛着木头一二百米才歇息一次，当走上坡路时，一二十米就要歇息一次，有时坡陡了，走五六米就需要歇息一次。他肚子越来越饿，感觉有些精疲力尽，身上的汗水湿了又干，干了又湿，他十分艰难地将木头扛到望垭口，在那里歇息了很久很久，才又十分吃力地扛着沉重的木材继续上路。

望垭口离他家还有八九里，这八九里一半是平路，一半是下坡路。他咬着牙，忍着饥饿向家里走去。当扛到离家只有一里路时，他实在是扛不动了，这时太阳已经落山了，他把木材寄放在路边的人户里走了回去，后来是他父亲帮他把木材扛回去的。当刘东明扛起那根沉重的木材时，啧啧称赞儿子了不起。他拿来秤一称，一百四十八斤。

那根木材刘文川没有扛到市场上去卖，赵队长买了，他出了二十八元五角，那根木材刘文川赚了三元五角钱。他吃过午饭没多久周新锐就回来了，他买的是一扇门，第二天背到老木口去卖，赚了二元七角钱。

在家休息了两天，周新锐和刘文川又去了石曲子。他们那天去得比较早，很多人还没有把摊位摆起，叶丽娟请的人正在找板车把木材往摊位上运。周新锐疾步来到叶丽娟面前，板着脸对她说："叶姐，你骗人，从今以后我们再也不在你这里买木材了。"

叶丽娟听周新锐这么说，脸倏地红了，讷讷地说："周新锐兄弟，你说什么啊，我骗了你什么呢？"

"我同学刘文川上次在你这里买的那根木材，从你手上买十六元，才卖了十一元，亏了五元。"

"哦，说了半天是这么一回事。"她爽朗地笑了起来说，"周兄弟，那根木材我是帮我们生产队的人卖的，他家里很困难，孩子又得了病，家里没钱，没有办法才砍了自留地边上的树找我帮他卖一下，卖了的钱给孩子治病，即或那家把树砍掉卖了，可仍然凑不够给孩子看病的钱，还在我这里借了几十元。我当时也没有问他是什么树。刘文川兄弟，你那十六元钱，我分文未取，全部交给了卖树的人。你看这样如何，我把那钱给你要回来，或找卖树的人把你亏的那五元补回来，要么我补给你，你看这样行不行？"

听她这么一说，他俩心都软了，原来是这么一回事。

"那就算了吧。"刘文川说。

"小刘兄弟，"叶丽娟说，"你在我这里买木材，以后我让利给你就是了，哎呀，小事一桩，你要相信你叶姐，我虽然是个女流之辈，但说话还是算数的。"

她请来的人将摊位摆好了。

"你俩需不需要大木头？"叶丽娟对他俩说，"我家里有一根长三米、直径一米五，重三四百斤的红豆树木头，你们可以买，或帮我介绍一下，我卖了拿来做本钱。"

"叶姐，红豆树木好还是不好？"刘文川认真地问。

"跟你说实话，红豆树木是相当好的木材，自带花纹，木质细如绸。"叶丽娟说。

"红豆树木能不能做书橱？"刘文川突然想起自己的书橱来。

"当然可以，不过用这木材做书橱造价太高了。"叶丽娟说。

"我不怕造价高。"刘文川说。

"你买这么贵的木头做得了主吗？"叶丽娟问。

"我自己赚钱，当然做得了主。"他急不可耐地问，"木头在哪里，能让我看看吗？"

"当然可以，木头在我家里，这里离我家只有两三里。"她说，"我父亲是护林员，他年年获奖，还是省劳模，七年前国营林坡上一棵千年红豆树遭雷击了，父亲向上级林业部门汇报了，上级林业部门见父亲护林有功，于是就将那棵遭雷击了的红豆树，以七十元的价格廉价处理给了父亲。我做生意需要很多资金，父亲说，如果价格合适，同意卖了给我做本钱。"

"你要多少钱才卖呢？"刘文川问。

"我跟父亲商量过，两百元可以出售。"

刘文川心早在那根红豆树木上了。

"叶姐，我真想看看那块木头。"刘文川说。

叶丽娟也想马上将木头卖了把钱腾出来。她说："这样吧，我卖一会儿就收摊，你俩今晚就在我那里住宿，顺便看看木材。"

刘文川求之不得，可周新锐倒有些犹豫不决。

"周新锐，我求求你了，就照叶姐说的办吧。"

见老同学坚持要买，他只好同意。

还不到九点钟，叶丽娟就收了摊。

叶丽娟把刘文川和周新锐带到家里，她说母亲跟随父亲到山上护林去了，父亲工作的地方离她家有七八里。她直接把他俩带到堂屋看木头。刘文川从来没有见过这么大的木头，这使他兴奋不已，他对叶丽娟说："叶姐，这木头我要定了！"

　　从堂屋出来，叶丽娟把他俩带到一间屋里休息，然后进灶房给他俩各煮了一碗挂面，碗里各放了两个荷包蛋。

　　那天晚上他俩住在叶丽娟家里。周新锐一倒下去便酣然入梦，刘文川却异常兴奋，没有一点儿睡意。他看了那根红豆木，不由自主地想起书橱来，原来他打算做一个柏木书橱或樟木书橱，听叶丽娟说红豆树木是上好的木材，有花纹，木质细如绸，原来找柏木或樟木做书橱的想法便被否定了，他想用这个红豆树木做书橱。红豆树木做书橱，比其他木材更好、更结实、更耐用，更具有保存价值，可是这两百元到哪里去筹呢？自己身上有七八十元，家里究竟有多少存款他还不清楚。即便家里有存款，父母同不同意拿出来买木材呢？他想，父母肯定是支持他的。如果钱不够，还可以到大哥那里找李成均表叔借点，或找周新锐借。想着这些，他不知不觉进入了梦乡……

他梦见把木头抬回去了，父母见儿子买了那么一根好木头，十分满意，用手摸了又摸、看了又看，爱不释手，赞不绝口。他把黄木匠请来，调了墨线，请来解匠。解匠把木头用大锯锯成两半，里面没有一点儿空的，全是淡红色，黄木匠用刨子推出来，有很多花纹，用手一摸，木质细润如绸。黄木匠把书橱做了出来，高两米五、长三米多，一共五格，漂亮极了。刘文川把那些书装了上去，家里的书才装了两格，他认为书太少了，以后还要买更多的书，把那些空格子装得满满的，他就在屋里悠闲自得地看书……

天不亮他们就起来了，刘文川急不可耐地回去准备钱，周新锐在叶丽娟那里买了一块木材。

刘文川回去把那红豆木，以及想买回来做书橱的事向父母说了。父母没有反对，刘东明也说红豆树木是上等的好木材，但这两百元现金可是个大数目，家里也没有那么多钱，存款加上自己的能凑一百五十元，还差五十元。刘文川说，他想办法去借。

他第一个想到的是他大哥，他想去找找大哥向表叔李成均借。

得到父母的同意后，刘文川换了衣服，准备去李家。

他一路小跑到了李家，姜老太还没有做午饭。

"表婆，表婶、大哥和大嫂呢？"刘文川问。

"你表婶去公社开会了，"姜老太说，"学习十五天，已经学习七天了；你大哥和大嫂在晒场边出工。"

听说大哥大嫂在晒场边出工，他向表婆打了招呼就去了晒场边。

刘文山和李明华见弟弟来了，放下手上的活儿向弟弟走去。

刘文山既惊又喜地说："弟弟，你怎么来了？"

刘文川看了看大哥，嘿嘿地笑了笑说：

"大哥，我找你有点儿事。"

然后，他把买木头借钱的事向大哥大嫂说了。

"你要借多少？"刘文山问。

"五十元。"

"我想爸爸会同意的。"李明华说。

"下午我带你去找岳父。"刘文山说。

吃了午饭，刘文山带着刘文川去了老观场。刘文山把弟弟借钱买红豆木的事向岳父说了。

李成均沉思了一会儿，问刘文川："老三，你来借钱你父母知道吗？"

"知道，"刘文川说，"他们同意了我才来的。"

李成均听罢，拿着存折到银行取钱去了，刘文山在屋里喝茶，刘文川起身前往穆月桂那里。

穆月桂见是刘文川，惊喜不已，问："哟，文川呀，你什么时候来的？"

刘文川腼腆地笑了笑，然后把来这里向表叔借钱买木材做书橱的事跟她说了。

穆月桂倒了杯水放到他面前，亲切地问："你回去在干什么？"

"我在跟一个同学做木材生意。"

听说是在做木材生意，她心情显得有些沉重，十分关心地说："做木材生意是很辛苦的哟。"

"是的，但我不怕吃苦。"

"文川，你很坚强。"

"谢谢月桂姐的夸奖。"

他与穆月桂聊了很长时间。

李成均取钱回来后和刘文山来穆月桂处找刘文川。李成均把五十元钱交给刘文川说："钱揣好，别搞丢了。"

"嗯，谢谢表叔！"刘文川接过钱感激不尽地说。

"爸爸，那我跟弟弟走了！"刘文山说。

"你们兄弟俩慢走。文川，有空了来老观玩！"李成均说。

刘文川走了，穆月桂感到有些惆怅，她舍不得他走，心里有一种说不出的失落感。

兄弟俩回去天就黑了。刘文川走了一天很累，躺下没多久就睡着了。

第二天，刘文川又向周新锐借了二十元，因为他考虑到木头运回去还需要钱。担心货买假了，刘东明嘱咐儿子将黄木匠请上。

黄木匠不会白来的，刘文川给他支付了一天的工钱——一元五角。

刘文川将黄木匠带到叶丽娟家里看了木头，黄木匠仔仔细细地看了木头后，赞不绝口，说他做了三十年木匠活，还没有见过这么大、这么漂亮的红豆木头，连一个结疤都没有，还说这块木头做一个大书橱绰绰有余。

刘文川把钱给了叶丽娟，叶丽娟兴奋地接了钱，她打算把这笔钱拿去添在生意上，她想，她的生意会越做越大。

木头是买了，可是运输却成了问题。叶丽娟说，运输不用担心，她找她父亲想办法。

叶丽娟找了一人帮忙抬木材，然后自己到山上去找父亲。

不一会儿，那人带来了四个男劳力，工夫们个个生龙活虎，他们分别拿着大索、杠子和打杵子。工夫们带来的大索不够，又在叶丽娟房后的竹林里砍了几根竹子打了两根大索。打大索用了很长时间。

大索打好后，工夫们把木头绑好，齐心协力喊着号子把木头抬了出来。工夫们一边喊着铿锵有力的号子，一边抬着沉重的木头一步一步地向石曲子方向走去。半个多小时后，木头抬到了公路上。不多久，叶丽娟父亲在林业部门找的车也开来了。

工夫们把木头装在车上，刘文川支付了工钱，每人一元五角，另外还给工夫们一人买了一包香烟。工夫们见主人家这么慷慨大方，连连道谢，然后说说笑笑地走了。刘文川与黄木匠随着拉木头的车走了。

不到一个小时，木头就运到了刘文川所在公社的乡场上，黄木匠在场上帮刘文川请了几个人把木头卸了。

一切安排妥当后，刘文川和黄木匠一道回到刘家，刘东明问："黄木匠，你看木头如何？"

"木头很好，"黄木匠说，"这就看木头中心有没有空，如果中心没空，两百元买那根红豆树木太划算了，小刘运气真好，要是放到以后，价值不可估量。"

第二天，刘东明请了几个人将木头抬了回去。

十一、基干民兵

　　木头抬回来后，刘文川一心一意地赚钱还款，他接连与周新锐在石曲子买了三趟木材，一趟赚了四元，一趟赚了二元八角，一趟赚了一元五角；在苍溪龙山做了一趟魔芋生意，因不懂行，买了变了质的魔芋没有人要。刘东明夫妇卖了一头肥猪才把李家和周新锐的钱还了。

　　刘文川拿了一本书正准备到外面的斑竹林去看，忽然听闻有人喊："刘文川在家吗？"

　　刘文川出去一看，原来是汪丽丽和周新锐。

"汪姐、周新锐，有什么事吗？"

"找你参加基干民兵，"汪丽丽说，"周新锐都参加了，我今天是来动员你参加的。"

"刘文川，汪姐现在是我们生产队里的民兵排长，我参加几天了，你也来吧，我俩好同路。"周新锐说。

"这太突然了。"刘文川摸了摸头莫名其妙地说。

汪丽丽从一个公文包里拿了几张表让刘文川填，刘文川将表格填完后交给了汪丽丽。

汪丽丽接过表格对他说："明天六点半，在生产队晒场集合。"

第二天一早，刘文川去了晒坝，已经有人来了，不一会儿，人就到齐了。一共来了十二人，九男三女，年龄在十七岁至三十五岁之间，刘文川十七岁，在十二人中年龄是最小的，其次是周新锐，十九岁。他们都是农民装束，个个精神抖擞。汪丽丽显得格外精神，她穿着女式黄军装，腰系军用皮带，剪着齐肩的短发，英姿飒爽。见人来齐了，她清脆有力地喊了一声"集合！"十二个人齐刷刷站在一排。

汪丽丽按高矮整理了队形。

　　排好队后，汪丽丽说："根据公社武装部传达上级武装部指示精神，县成立基干民兵营，公社成立基干民兵连，大队成立基干民兵排，生产队成立基干民兵班，我现在担任生产队基干民兵班长。凡是参加了基干民兵的，三个月后，由连、营、团、师进行打靶比赛，成绩优异的以资奖励，所以同志们务必遵守纪律，刻苦训练，不能迟到早退，要有军人一样的纪律，没有特殊原因不能请假。现在开始训练，立正！"队伍在汪丽丽的号令下训练向左转、向右转、向后转。这些动作有些人做得来，有些人做不来，做不来的只是极少数，那些做不来的都是没文化的人，汪丽丽教起来很费力气。这些动作刘文川和周新锐在学校学过，稍作训练后就开始跑步。

　　下午在大队里训练，训练内容跟生产队一样，只不过是由班编成了排。大队里一共有四个班，两个小的生产队一个班，全大队有四十五个基干民兵，排长是刚从部队里退伍回来的，姓乐名欣。乐欣在部队里是个机枪手，据说他不但机枪打得好，对各种枪支也熟稔于心。集合完毕点了名后，他不厌其烦地给大家做立正、稍息、向左转、向右转和向后转的标准动作示范。

从大队回来后，汪丽丽就带他们在生产队晒场进行训练。

刘文川那天在公社看了乐排长做示范，回来后就认真地学，慢慢摸索，很快就学会了。有些人学了几天都不会，或者是这几天会，过几天又忘了。那些做不来的，汪丽丽就一个一个不厌其烦地教，直到把他们教会为止。

一周后，公社基干民兵举行实弹打靶练习。

打靶场地选择在离公社三四里没有人经常走动的地方。打靶的地方很宽敞，到处可以站人。打靶场上安排了一个指挥员、一个校枪员和两个报靶员。指挥员是杨部长，校枪员是乐排长，报靶员是两个民兵。指挥员发号施令；校枪员现场指导，帮助打靶的人；报靶员的职责是插靶、打靶的人打完靶后报数，然后把打完了的靶取下来，插上新靶。

各大队基干民兵排按指定的位置排好队，杨部长宣布了纪律，讲了打靶的有关要领，又做了示范。接下来从一排开始，先是各大队基干民兵排排长打第一个，每人三发子弹。排长打了，下面的人依次打靶。对于当过兵的人，打靶是小事一桩，用不着校枪员说，趴下做好姿势，子弹上膛，只听指挥员一声令下端起枪就打，"砰砰砰"一阵枪响后，报靶员报靶，不是十环，就是九环、八环的。而那些没有当过兵的，握着枪的手不停地抖动。站在一边的校枪员见新手害怕，安慰说："不要紧张，慢慢来。"他边教边嘱咐打靶的人打开枪的保险，拉回枪栓，将枪托顶在肩膀上，左手托枪，左眼闭着，右眼睁开，瞄准准心，三线合一，对准靶心，然后扣动扳机。新手在乐排长的指导下，完成了射击。接着第二个、第三个……有的人打上了，有的没有，有的打得还比较好。

　　轮到汪丽丽那个班，她站出来了，她是唯一一个女班长，因容貌出众，格外引人注目。乐排长知道她是熟手，站在一边。杨部长的口令一下，她便扣动了扳机，三枪打下来，报靶员报，三个十环，漂亮极了！当报靶员把数字报出来时，场上啧啧称赞，一片喝彩声，接着响起了雷鸣般的掌声。她打后轮到了刘文川。刘文川开初有些紧张，见乐排长和汪丽丽在他跟前，紧张的情绪才放松了下来，顺利地完成了射击。他打了一个七环、一个八环、一个九环，成绩还算不错。下一个是周新锐，他打了两个八环和一个七环。

打靶持续到下午两点才结束。

打靶过后，训练逐渐减少了，说是还要参加一次由县里组织的打靶比赛。

刘文川收到二哥的来信。

敬爱的爹妈：

这月 20 日，部队批准我探亲回家，假期一个月，这是我五年来第一次探亲回家，可能你们收到信时我已经动身了。另外告诉你们一个好消息，我已提升为排长！在我给家里写这封信之前，已给大哥和吴丹阳写了信。

回来见，祝爹妈身体健康！

儿：文海

1974 年 6 月 15 日

刘文川把信读给父母听，二老异常喜悦。

听说二弟要回来探亲，刘文山和李明华提前来了，他俩来没多久，吴丹阳也来到了刘家。

当时公社还没通客车，在刘文海回来的前一天，刘文川、刘文山、李明华和吴丹阳就到三十多里外的区上准备迎接。6 月 27 日下午两点钟，刘文海回来了。他提着两个沉沉的军用包从客车上下来，穿着一身军装，戴着帽徽领章，军装衣服是四个兜的，英俊高大，浓眉大眼。刘文川一眼就看见了。

"二哥！"刘文川激动地喊了一声跑向他。

"文川！"刘文海放下东西拥抱着弟弟。

刘文海见弟弟长高了许多，高兴不已，说："时间过得真快呀，五年不见，你都长这么高了。我走时你才到我肩膀，现在几乎与我差不多高了。"他又向大哥、大嫂说："大哥、大嫂你们辛苦了！"当他看到大嫂后面美丽、落落大方的吴丹阳时，脸唰地一下红了，腼腆、轻声而又十分有礼貌地说了一声："丹阳，谢谢你来接我，辛苦了！"

吴丹阳早就喜欢上了刘文海，她在刘家走动了两年，经过与刘文海父母、刘文山、李明华和刘文川的接触，认为刘家的人都是很好的，他们这一家人无论是在生产队、大队，还是公社，评价都挺不错的。吴丹阳看照片就喜欢上了刘文海，加之几年间的书信来往，二人的感情持续升温，当今天看到高大、英俊的刘文海时，吴丹阳打心里高兴。

"不辛苦！"吴丹阳说着脸红得像桃花。

刘文山和刘文川来时背了两个背篓，刘文山背一个包，刘文川背一个包，背包的走前面，李明华跟着两个背包的，吴丹阳在李明华后面，刘文海挨着吴丹阳，他们欢欢喜喜、说说笑笑地向家走去。当他们到家时，天已经黑了。

刘东明夫妇望儿心切，多年未见的二儿子要回来，他们早已把鸡鸭鱼肉准备好了，正忙碌地准备着晚饭。

刘文海一回来便对二位老人嘘寒问暖。李明华和吴丹阳到了刘家就去了灶房。那天晚上摆了一桌丰盛的晚餐，饭后，一家人畅所欲言地谈到了半夜。

第二天，刘文海看了弟弟的书房，又去看了那块红豆树木，当看到那么大的一块红豆树木时，他感到很惊讶，对弟弟赞不绝口："弟弟，你真行，真有眼力，放在将来，价值可能连城。"

"这是我用来做书橱的。"刘文川见二哥夸奖他，比画着说，"我要做一个很大很漂亮的书橱。"

"做书橱不忙，我们家里的房子太旧了，地势也差，等条件好了换个好地方修建一栋新房子，专门给你留一间屋出来做书房，那时再做书橱也不迟，这叫'好马配好鞍'。"

刘文川听罢，认为二哥说得有理。

下午，吴丹阳请一家人到她家坐坐，刘东明因要饲养公猪没去，王金凤家里走不开。

吴丹阳住在离苏家垭一二里处，她家是一个三合头的茅草房，前面是个大水田，水田边上是一条深深的沟壑；后面有几道坡坎，坡坎上去是闻名遐迩的天目观，天目观挨着的是龙吟山；左边一两千米是苏家垭，右边是大片田地。吴丹阳父母都还年轻，不到四十岁。女儿到家便将来的人一一作了介绍，吴丹阳父母看着高大、英俊的未来女婿，打心眼里高兴。

吴丹阳把客人安排在一间屋里，就与母亲进灶房做饭了。见吴丹阳进了灶房，刘文海也跟了进去，要与丹阳母女俩一起做饭，吴丹阳和她母亲连忙阻止，但怎么说都没有用，母女俩只好作罢。

刘文山、李明华和刘文川在屋里坐了一会儿就出来了，刘文山和李明华要去转田塝，刘文川则拿着从家里带来的一本书到水田边去看。

晚饭很快就做好了，摆了满满的一桌子。

第二天，吴丹阳带刘文海、刘文山、李明华和刘文川游天目观。从吴丹阳家到天目观，只有两三里路程。

天目观，海拔五六百米，东面是一条梁，宽十多米，长三四百米，上面光秃秃的，有的地方用条石铺成路面，山梁出头，周围是用高一米、宽一米、长两米的半条石砌起来的，从底到上面高二十多米，山梁两边全是悬崖峭壁。西北面是一片良田，有一二百亩，以前只有一条路，后来在山梁的中间各开了一条路。天目观的西北边有一口水井，据说已有两千多年的历史。

刘文山、刘文海和李明华只是走马观花地看了看，唯有刘文川感到好奇，看得仔细，当他看了那些巨大的条石和码起来的寨墙时，浮想联翩，被古人那种非凡的精神所深深地折服，久久不肯离去。

上午游了天目观，下午游龙吟山。龙吟山海拔六七百米，方圆上百里，在当地可谓家喻户晓。去龙吟山有两条路，山前一条路和山后一条路。以前山后那条路还能走，近些年由于山上植被遭到破坏，几次山体滑坡，上去的路已经不可走了。前山到龙吟山脚全是蜿蜒曲折的石梯步，那些石梯步，经过几千年人来人往的踩踏，出现了两三厘米的凹槽。沿着山路走五六十米就有一个寨门，有的寨门大，有的寨门小，无论寨门大小，全用石头码成，上面呈拱形，有些寨门上面的空隙处还生长了一些杂草和藤蔓，有些藤蔓已经长成手腕粗，遒劲有力，死死地缠绕在寨门上，大自然的鬼斧神工，独具艺术感。他们走了近四十分钟才来到山顶。

第三天，他们去赶千佛场，千佛场有七八里路，吴丹阳准备买一些东西给刘文海，同样，刘文海也要给吴丹阳和她父母买一些东西带回去。他们买东西去了，刘文川则去了供销社新华书店。他一走进书店，便被书架上那些码得整整齐齐的书吸引，他在上千册书里选了十多本抱在怀里向柜台走去，售货员拿着书看着封底的定价，一本一本地在算盘上算着，算出来了，一共是四元七角五分，刘文川正准备把钱递给售货员时，吴丹阳来了，她见刘文川买书，抢着向售货员付了书钱，刘文川感到很不好意思。

这时刘文海也来到了书店，他看着弟弟手上的那些书，问："你还需要什么书？"

"就这些，不买了。"刘文川说。

他们买了很多东西，还给刘文川买了衣服和

鞋子。

在吴丹阳家里待了三天后，刘文海把吴丹阳和她父母请到了家中。到刘家的第三天，刘文山、李明华和吴丹阳的父母离开，吴丹阳仍留在刘家。

一月的假期很快就要到了。刘文海告别了父母和弟弟，带着未婚妻吴丹阳回到了部队，他们准备在部队里结婚。

刘文海回部队不到十天，刘文川接到大队基干民兵排的通知。通知上写道：

刘文川同志：

接公社基干民兵连通知，你于10月15日在鹤峰公社十大队小学参加由县组织的打靶比赛。特此通知！

1974年10月10日

他们在大队里又进行了四天紧张的军事训练。刘文川、周新锐等人在大队训练，汪丽丽去了公社训练。她靶打得很出色，被公社推荐为这次参加全县基干民兵打靶标兵，一个公社只有三名，她是其中一个。

10月15日一早，汪丽丽、刘文川、周新锐等人同路，向鹤峰公社十大队小学走去。鹤峰公社十大队小学在石曲子下面，距离四十多里。开初他们一个班同路，大约走了二十里，汪丽丽肚子突然疼了起来，她对刘文川说："文川兄弟，你们先在前面走着，我在后面慢慢跟着。"说着抱着肚子蹲在原地痛苦地呻吟着。

这怎么是好，怎么偏偏在这个时候病了呢？刘文川心想，我们也不能丢下班长不管啊！他果断地说："汪姐，我与周新锐留下来照顾你，其他人先往前面走着。"

汪班长同意刘文川的意见，表情痛苦地点了点头。

汪丽丽疼得越来越严重，大汗淋漓，脸都变色了。

刘文川和周新锐见状，不知如何是好。

"汪姐，我们把你送医院去。"刘文川说。

"我看也只有这样。"周新锐也说。

汪丽丽没有说话。

刘文川知道，这里离公社卫生院很远，只能送到大队医疗室。他去问附近的社员，社员说，这里离大队医疗站还有四五里，并给他说了去医疗室的路怎么走，还说半坡上有几棵香樟树，离香樟树不远处便是大队的医疗室。事不宜迟，刘文川背起汪丽丽急匆匆地向大队医疗室走去。汪丽丽有一百二十斤，刘文川背累了，周新锐接着背，两个小伙子轮换着背，累得气喘吁吁、大汗淋漓。汪丽丽痛苦不堪、呻吟不断，面带土色。走完了平路，走上坡路，上坡路走完了，又走下坡路，然后再走上坡路，半坡上的香樟树清晰可见，他俩终于把汪丽丽背到了医疗室。

大队医疗室里一位和蔼可亲的姓朱的男性老医生坐诊。朱医生测量了汪丽丽的体温，三十七度半，有点发烧。朱医生看了看她的舌苔，又问了问病人的情况，说汪丽丽是得了急性盲肠炎。朱医生很有经验，他让汪丽丽躺在床上，小心翼翼地在她的小肚子上用针灸扎了几针，贴了一剂膏药，膏药一贴上汪丽丽立刻感到肚子火辣辣的。半小时后，肚子的疼痛就减轻了不少。

"朱医生，我还要去参加全县打靶比赛。"汪丽丽面容憔悴而焦急地说。

"你病成这样，没法参加比赛了。"朱医生说。

听说无法参加比赛，汪丽丽很沮丧，一脸的愁容，眼泪簌簌地流了出来。

"汪姐，你在这里治病，周新锐留下照顾你，我去向乐排长汇报。"刘文川说。

"我看也只有这样了。"周新锐说。

汪丽丽用手帕擦了擦眼泪，惭愧地点了点头。

刘文川到了十大队小学，比赛已经进行了一半。乐排长见刘文川这时才来，不问青红皂白严厉地批评了他一通，问："刘文川，你搞啥名堂，怎么这个时候才来，汪班长和周新锐他俩怎么还没来呢？"

"汪班长病了，周新锐在照顾她。"刘文川说。

随后，刘文川将汪班长肚子疼，他与周新锐将其背到附近大队医疗室的情况向乐排长做了汇报。

原来是这么一回事，乐排长为自己的鲁莽而感到羞愧，他的态度来了个一百八十度的大转弯，十分谦和地对刘文川说："对不起，我不知道情况！医生诊断她得的什么病？"

"医生说是急性盲肠炎。"刘文川说。

这事非同小可，乐排长将汪班长在路上生病不能参加比赛的事情向杨部长做了汇报，杨部长又及时汇报给县武装部。县武装部得知汪丽丽在半路上病了，担心农村医疗条件有限，便通知卫生员及时赶去了解情况。

卫生员姓郝，名雨，面目清秀可爱，身形纤细，她是城里人，卫校毕业后被分配到县医院工作，这次县武装部在鹤峰公社举行打靶比赛，她是被抽调来的。她从千佛区到鹤峰公社十大队小学这二三十里路脚都走疼了，并且脚上还打了泡，但领导安排下任务，军令如山，她又不得不去。

走出十大队小学，她问刘文川："同志，你贵姓？"

"免贵姓刘，名文川。"

"多大了？"

"十七岁。"

"嘻嘻，你比我小两岁。"

……

"这里离病人还有多远？"

"大约三十里。"

听说还有三十里，郝雨愁眉苦脸地说：

"可是我已经走不动了。"

她走得很慢，刘文川见这样下去不是办法，就对郝雨说："郝医生，如果你不嫌弃，我来背你！"

郝雨十分感动地说："同志，谢谢你！"

"不谢，郝医生，我有的是力气。"刘文川说。

刘文川背着郝雨向前走去。自古就有"三岁牯牛十八汉"的说法，刘文川虽然只有十七岁，但他背过煤，运过粮，扛过木材，经历过不少事，吃过不少苦，身体顶呱呱，背郝医生不在话下。

不是所有的路都是刘文川背，下坡路和不好走的路他才背。

三个多小时后，他俩才来到医疗室，此时已经是下午两点钟了，汪丽丽和周新锐早已走了。医疗室里有几个病人，朱医生正在给他们治病。

刘文川对郝雨说："这位老医生姓朱。"

又向朱医生介绍道："朱医生，这位是县医院的卫生员郝雨同志，她是来给汪班长看病的，请问他俩走多久了？"

"走了有两个多小时了。"朱医生说。

"请问朱医生，汪丽丽的病情如何？"郝雨问。

"她进行了针灸治疗，"朱医生说，"我又给他拔了火罐，煎了一剂中药，开了一些西药，已没有什么大碍，好好休息几天就没事了。"

郝雨累得够呛，加之走了这么远的路，早已饥肠辘辘，疲惫不堪了。

刘文川见状，对医生说："朱医生，真不好意思，我打扰您一下，我与郝卫生员还没有吃午饭，能否帮我俩找个地方做一顿饭，我给生活费。"

朱医生是个心地善良的人，他没有任何推辞，笑了笑说："出门在外谁也不会把锅灶背上，我到附近去找人给你们做饭，你们在这里稍等一会儿吧。"

朱医生离开后，郝雨看着脚上的泡，加上饥饿难忍，眼泪簌簌地流了出来。

刘文川找了一根针，向郝雨要了点药棉，将针消了消毒，对着那些水泡就挑，郝雨疼得"哎哟，哎哟"不停地呻吟着。挑完后，刘文川给她用药棉擦了擦伤口，郝雨用纱布小心翼翼地把脚缠了起来。

不多一会儿，朱医生端来了两大碗面条。

吃了饭后，他俩要给生活费，朱医生却怎么也不收。他俩向朱医生道谢后，刘文川背着郝雨的药箱，带着她走出了大队医疗站。

郝雨脚打了泡走路困难，走不到三四米就要停下来歇息，一旦歇息下来她就不想走了。刘文川心想，这样下去不是办法，不知什么时候才能走到十大队小学校，于是刘文川对郝雨说："郝医生，还是我来背你吧。"

郝雨很难为情，但又不得不这样做，羞赧地点了点头。

当刘文川和郝雨回到十大队小学时，早已散了会，乐排长留下等刘文川的消息。见县武装部的人走了，郝雨只好在十大队小学住宿一夜明天再回县城。刘文川把郝雨送到后就与乐排长回去了，到家时已是半夜。

第二天，乐排长和刘文川去看汪丽丽，汪丽丽还躺在床上动弹不得，她惭愧地对乐排长说："乐排长，这次没有参加比赛我感到非常遗憾，也觉得很内疚！"她又对刘文川说："感谢你和周新锐这次对我的救助，要不是你俩，我能不能活在世上都还不知道。"

乐排长安慰她说："汪班长，没有参加比赛没关系，只要人没事，以后机会还多。"

十二、保管室被盗

保管室有六间屋，五间装的是粮食，一间是空的，那一间是生产队用来开会学习，黄木匠用来做拌桶、犁头、耙，贺篾匠编制垫席、箩篼、簸箕等工具的。五间屋，有一间是木板仓，有两间是石板仓，另外两间打的地旋子，每一间屋的面积都在七八个平方米，每一间屋里装的粮食多达一两万斤，有交国家征购粮的，有来年的种子，有存放几年的储备粮。

乔正家和周定魁看守保管室，天亮了，周定魁起来抱着被子往家里走，当他走到保管室门前时，发现保管室几间屋里的门被盗贼撬开了，他顿时傻了，吓得瑟瑟发抖，大惊失色地对着工棚里的乔正家说："乔正家，快起来，盗贼撬开了三间屋的门！"

听到喊声，乔正家惊慌失措地连衣服和鞋子都没有来得及穿就跑了出来，看了看，心惊胆战地说："天啊，这盗贼胆子也太大了，咱俩睡在保管室里还遭了贼偷，这传出去多丢人呀。"

三间仓库里，一间装的麦子，一间装的稻谷，第三间装的豌豆、胡豆和大麦。三间仓库粮食保管员都是用石灰打了记号的。周定魁一看，保管员打的记号不见了。

"我们赶快去报告队长！"周定魁惊恐未定地说。

"好的！"乔正家也浑身打着哆嗦说。

在物资紧张的年代里，粮食尤其珍贵。他俩及时去向赵队长汇报。

赵队长刚起床，见他俩神色不安的样子，问："你俩这么早来找我有事吗？"

周定魁战战兢兢、语无伦次地说："赵，赵，赵队长，不好了，保，保管室，被，被，被盗了。"

　　"什么，保管室被盗了？什么时候？"听说保管室被盗了，赵队长也惊恐不已。

　　"昨天晚上被盗的。"乔正家轻声而胆怯地说。

　　"你俩昨天晚上没有去看守保管室？"

　　"我俩在保管室！"周定魁哆嗦着说。

　　"你俩在保管室都被盗了，简直是天大的笑话！"赵队长说，"你俩说说看，昨天在干什么？"

　　"我家有一间屋子还是土屋，"周定魁说，"我想用石板做地面，昨天背了一天石板，背累了，吃了晚饭，到了保管室倒下就睡了。"

　　"你呢？"赵队长问乔正家。

　　"昨天下午岳父来了，我晚上贪杯，多喝了几杯。"乔正家低着头惭愧地说。

　　听了他俩的叙述，赵队长生气地训斥道："你俩丢人丢到家了。"说着急匆匆向保管室走去。

　　二人羞得无地自容，吓得不轻。周定魁跟着赵队长到了保管室，乔正家则去找其他干部和保管员。

赵队长和周定魁到了保管室没多久，保管员金刚来了。

　　保管室被盗的消息，不一会儿便传得沸沸扬扬。

　　赵队长把保管室被盗的事汇报给大队，大队很快派人下来查案。

　　大队来的是乐欣，他现在不是基干民兵排长了，而是当上了村支书，原来的村支书上调了。

　　经干部们反复分析，认为保管室被盗是本生产队的人所为。

　　由大队、生产队干部、社员代表和基干民兵组织的搜家队伍临时小组成立了。组长由赵队长担任，副组长由保管员金刚担任。社员代表和基干民兵由周定魁、乔正家、汪丽丽、周新锐、刘文川等人组成。

　　全队有六十多户，从第一户搜起，每家每户里里外外都要搜查。全生产队搜查完了，只有一个住得很零散的单家独户还没有搜查。那家住在马壁梁山下。

　　马壁梁海拔二三百米，山上是一条长三四百米、宽四五米，狭窄处只有两三米的山梁，梁上生长着手腕粗的松树、柏树、青杠树等，以松树居多，森林里聚集着喜鹊、乌鸦、云雀、松鼠、野兔等。马壁梁分阳山和阴山，山尾有一个山洞，里面有几间房，空旷干燥。阴山坡是悬崖绝壁。阳山坡度比较缓，那里有几块高低不平、大大小小的草场，每天都有放牛娃在那里放牛割草。离草场不远处有一户人家，那家姓谭，名嫦娥。谭嫦娥是一位年轻寡妇，长得人高马大、丰乳肥臀，脾气有些暴躁。她从小就过继给了姑姑，姑姑得过小儿麻痹症，终身未嫁。谭嫦娥小时候长得很漂亮，还读了几年书。在她七八岁时，得了一场重感冒，找大队赤脚医生治疗，治疗了一段时间没有治好，后来送到公社卫生院挂了几天盐水才痊愈。回到家没有几天，又感冒了，这时遇到了一个江湖郎中，他给谭嫦娥煎了几服草药，感冒倒治好了，可是人却成了哑巴。谭嫦娥成了哑巴，也就没有再到学校读书了。她二十三岁时才嫁人，嫁给了一个矮小、懦弱的外乡男子。她嫁过去后后悔不已，结婚不到一年就跑回了娘家。

她丈夫、公公和婆婆来接她回去，但无论怎样劝说，她就是不回。她出嫁时户口是迁走了的，现在回来了也没有户口，没有户口生产队就不给她分粮。她姑姑在她出嫁的第二年就去世了。

谭嫦娥回来照样在生产队出工，当她看到别人背着夹背、挑着箩篼到保管室领粮时，她也跟着去了，可金保管员知道哑巴的户口迁走了就不给她称粮。她才不管那些，强行从别人手上夺过凿箕走进了仓库，金保管员随后跟了进去，一个要凿，一个不准，于是二人便争执了起来，甚至大打出手。金保管员身材瘦小，哪里是哑巴的对手。只见哑巴三五下就把金保管员打倒在地，拿起凿箕扣在金保管员的头上，一屁股坐在他身上，一只手掐住金保管员的脖子，一只手狠狠地搂他的屁股，她不分轻重地打，打得金保管员在地上呼天喊地，跪地求饶，社员们谁也没有去拉架，只是站在那里一个劲儿地看热闹，有些社员心里还嫌哑巴打得不够重、不够狠。她把金保管员收拾得服服帖帖，这才肯罢休。金保管员掀掉了头上的凿箕，狼狈地从地上爬起来，恼羞成怒、气急败坏地拿了一个大扫帚向她打去。那一扫帚可不轻，不偏不倚打在了那丰满的胸部，疼得哑巴龇牙咧嘴哇哇直叫。但她不甘示弱，奋力反抗，随手抓起一根抬杠朝金保管员打去。金保管员见势不妙，撒腿就跑。哑巴见金保管员跑了，也没有去追，放下抬杠，一只手按着胸部，紧紧地咬着牙齿，泪眼婆娑地走了。金保管员见哑巴走了，又转了回来继续给社员们称粮。赵队长知道这事后，觉得哑巴很不容易，便亲自到哑巴家里把她喊回来，金保管员很不情愿地把粮食给她称了。

哑巴很能干，妇女能干的活她都不在话下，男人做的活路，她也照样能干，如插秧打稻、耕田耙地、抬石头、车水等重农活。有一次，生产队需要石板铺晒坝，全队男同志都去背石板，她也去了，说背石板工分高。后来，好多男同志都坚持不下去了，可她却坚持到了最后，没有缺席一天。一般妇女评工分只有八分，唯独她与男同志一样，评的是十分。

干部和民兵来到她家，大门是闩着的。赵队长敲了敲门喊："谭嫦娥，在家吗？"

赵队长接连喊了几声，哑巴这才来开门。

门一开，哑巴并不让他们进去，她神色有些紧张，又是摆手，又是摇头的，意思是让他们走。

哑巴不让进去，干部们觉得有些蹊跷，值得怀疑。

"哑巴，保管室被盗了，我们是来搜家的，全生产队都搜查过了，只有你这一户还没有来搜。"赵队长说。

哑巴仍然摇着头，拦住他们不让进去。

干部和民兵更加怀疑了，她不让进去，他们偏要进去，尤其是遭到她打的金保管员，依仗着有大队、生产队干部、社员代表和民兵在身边，一手推开哑巴，装模作样，气势汹汹地打开了大门，干部、社员代表和民兵随着进去了，哑巴像发了疯似的，眼疾手快地拿起阶沿墙壁上的一把明晃晃的弯刀，冲在干部和民兵们前面，挥舞着手上的弯刀，干部、社员代表和民兵不敢向前半步。金保管员悄悄地蹿到哑巴的背后，来了一个突然袭击，夺下了哑巴手上的弯刀，几个人蜂拥而至把她捆绑了起来。哑巴挣扎着，哭着，哇哇地叫着。几个民兵守着她，干部、社员代表和民兵一窝蜂似的进了她的家。

干部、社员代表和民兵在她家里没有搜出粮食来，却搜出一个人，那人是在一堆柴草里搜出来的，他畏畏缩缩地躲藏在里面，当干部、社员代表和民兵把他搜出来时，他吓得瑟瑟发抖，他以为这些人是来捉奸的。只见那人相貌堂堂，中等身材，一头密集而乌黑的头发，年龄在三四十岁左右。

"他是你什么人？"一民兵把那人带到哑巴跟前问。

哑巴羞愧地低下了头。

乐支书问那人："你叫什么名字？哪里人？你是哑巴什么人？"

那人目不转睛怔怔地盯着乐支书，既不说话，也不点头，身子有些微微颤抖。

"难道他也是哑巴？"赵队长问哑巴。

哑巴看了看赵队长，没有搭理他。

"他是你什么人？"赵队长问哑巴。

哑巴沉默不语。

"她男人呢？"乐支书问赵队长。

赵队长把哑巴的情况向乐支书说了。

"是不是你重新找的男人？"赵队长问哑巴。

哑巴看了看赵队长，仍然沉默不语。

"带走！"乐支书严厉地说。

听说要把那人带走，哑巴急了，来到赵队长跟前，扑通一声跪下，像鸡啄米似的不住地向赵队长叩头求情。

赵队长觉得哑巴可怜，又没有在她家里搜出粮食，这仅仅是男女关系，用不着这么兴师问罪。

赵队长说："乐支书，算了。"同时还让金保管员给哑巴松了绑。

金保管员极不情愿，但他又不得不听赵队长的。

松了绑的哑巴，半天才缓过气来，她活动活动绑疼了的手腕，狠狠地瞪了金保管员一眼，牙齿咬得咯吱响。

没有在哑巴家里搜到粮食，干部、社员代表和民兵就把他俩放了。

干部、社员代表和民兵从哑巴家里走出来还不到十分钟，有人给他们报信说，几个放牛娃在山上放牛，发现马壁梁山洞里有几堆粮食、一个夹背和一对笭篼，夹背是空的，笭篼里是满满的麦子，总共有一百多斤，这与金保管员说的保管室里粮食被盗三四百斤不相符。干部、代表和民兵及时赶到了那里，金保管员说，那些粮食都是保管室里的。夹背和笭篼究竟是谁家的，具体还不知道。类似这样的夹背和笭篼，在这个生产队里每家每户并不少见，好在那些篾具全是贺国炳一个人编的，他们把贺国炳找来辨认。

　　贺国炳一看就说，夹背和笭篼是哑巴家里的，他是去年6月给哑巴家里编织了两个夹背和一对笭篼。

　　听说是哑巴家里的，干部、社员代表和民兵返回到哑巴家里。哑巴见他们又来了，以为是来捉她的情人的，她显得很淡定，对干部、社员和民兵哇哇地指了指屋里，又指了指外面，意思是说，你们要找的人已经走了。

赵队长说："哑巴，你把你家里的两个夹背和一对箩篼拿出来我们看看。"

哑巴在家里寻找了半天，才找出来一个夹背。

"据贺篾匠说，他给你家里编了两个夹背和一对箩篼，你把另外一个夹背和一对箩篼找出来看看。"赵队长说。

哑巴一脸茫然。

"你不要装了，你与你相好的偷了保管室的粮食，藏在你家屋后的山洞里，我们在山洞里找到了粮食，同时还有你家里的一个夹背和一对箩篼。"金保管员愤愤地说。

"啊，啊……"哑巴摇摇头，摆了摆手，捶胸顿足，竟急得哭了起来。

"保管室的粮食，是不是你与你那个相好的偷的？"赵队长问。

"哇哇！"哑巴歇斯底里地哭着。

"带到生产队保管室进行审问！"乐支书说。

经审问，哑巴拒不承认偷盗一事，而又没有确凿的证据，赵队长说："反正被盗的粮食也找回来了，算了，放了她。"接着又对哑巴说，"你回去吧。"

事情处理完毕，干部、社员代表和民兵都散了。

保管室被盗还没有过去一周，一天上午十点钟左右，金保管员与几个妇女在晒坝里晒粮食，哑巴背后藏了一把明晃晃的弯刀，满腔怒火、疾步如飞地朝保管室的晒坝里走去。

一妇女见哑巴来了，神叨叨地对其他几个妇女说："哑巴来了！"

妇女们看到她那副凶样，都有些害怕，用异样的眼光看着她。

金保管员事先没有发觉，当听说哑巴来了时，他转眼一看，天啊，不好了！哑巴不由分说，从背后拿出弯刀就向金保管员奔去。金保管员吓得魂飞魄散，丢下手上的工具，撒腿就跑，边跑边对哑巴说："哑巴，你要干啥？你可不要乱来啊！"

哑巴穷追不舍，追了很长一段路，见金保管员跑远了，才一屁股坐了下来，喘了喘气，没有再往前追了。

金保管员没命地跑，恨爹娘没有多生一双腿，他惊恐未定、气喘吁吁地来到赵队长家里。一走进屋，一只狗不声不响地蹿出来把他下身咬了。他被哑巴追得魂不守舍，现在又遭恶狗咬，真应了那句，福不双降，祸不单行。他下身疼痛难忍，裤裆里一点一点地流着血，可怜而伤心地蹲在地上，竟像三岁小孩似的"呜呜"地哭了起来。赵队长家里只有队长的女儿赵圆圆在家。赵圆圆见是金保管员被自家的狗咬了，裤裆里流着血，而她作为一个女儿家，也不好问，便给金保管员搬了一个短板凳放到他面前说："金叔叔，你坐，我去喊爸爸回来。"说着健步如飞地出了门。

金保管员见赵队长回来了，歇斯底里地哭了起来："赵队长啊，我好倒霉啊！"于是絮絮叨叨地将刚才哑巴拿着弯刀来砍他，他被狗咬了下身的事向赵队长说了。

赵队长听了他的诉说，又看了看他那裤子上流的血，拿着棍棒边去打狗边吆喝："你这个狗东西，专门咬人家要命的地方，这下给我惹祸了，打死你这个不争气的狗东西。"

他把棍棒一举起，狗汪汪地叫了几声，撒腿就跑了。随后，赵队长把金保管员背到大队医疗室去医治。

这消息很快就传了出去，哑巴也知道了。

金保管员被狗咬了，要静养一段时间，保管室又不能没有保管员。赵队长提议，由刘文川来顶替金保管员一段时间。

赵队长先找刘东明商量，刘东明有些不放心地说：

"赵队长，感谢你看得起我家文川，可他才十七岁，我担心他胜任不了保管室的工作。"

"刘文川虽然只有十七岁，但他很懂事。有两件事让我赵某对你儿子刮目相看，这两件事都是乐支书跟我说的。"赵队长说。

赵队长将上次基干民兵在鹤峰公十大队小学举行打靶比赛，汪班长半路上突发急性阑尾炎，刘文川和周新锐及时将汪班长背到当地大队医疗室的事向刘东明说了。

刘文川从来没有向他父亲说过这事，刘东明

这是第一次听说。赵队长跟刘东明说后,又去找刘文川。

刘文川没有推辞。他想,当了保管员就会有更多的时间读书。他信誓旦旦地对赵队长说:"赵叔叔,您放心,我一定尽职尽责地把保管员当好。"

"那就拜托你了!"赵队长拍着他的肩膀说。

第二天他走马上任了。冬天里保管室没有多少事做,他把来年的种子、没有交完的征购和储备粮找人背出来晒。需要人时,他就找赵队长派人。保管室被盗,加强了警戒,每天晚上由基干民兵值班,与原来一样,两人一班,不同的是,原来守一晚上保管室,每人拿的是两分工,现在基干民兵守,每人三分工。

第一班是汪丽丽和一个姓任的女同志,任同志病了,是汪丽丽与丈夫乔正家来值的班。

汪丽丽和乔正家那天收了工就做饭,吃了饭就来到了晒场,见他俩来了,刘文川这才回去吃晚饭。刘文川吃完饭来了,不多时,周新锐也过来了。汪丽丽对刘文川和周新锐十分感谢,乔正家对他俩更是感激不尽，乔正家说，要不是他俩及时想办法把他妻子送到大队医疗室，他妻子的生命就难以保证。假若妻子真的出了意外，两个孩子就没有了妈妈，没有妈妈的孩子是最不幸的，中年丧妻也是凄惨的事。

那天晚上他们四人谈了很晚，话题离不开保管室被盗这件事。

乔正家说："保管室被盗，不是哑巴和她相好的偷的，金保管员是公报私仇。"

当他说出这话时，三人面面相觑。

乔正家接着说：

"你们想，如果是哑巴和她相好的干的，那为什么在哑巴家里没有搜出一粒粮食来？俗话说，捉贼捉赃，干部、社员代表和民兵在她家里搜到赃物了吗？"

"在她家屋后搜出了装粮食的夹背和箩筐呀。"周新锐说。

"仅凭一个夹背和一对箩筐就说她是盗贼，这未免也太荒唐了吧。"乔正家说。

生产队大多数人认为保管室被盗是哑巴与她相好的所为，只有极少数人持否定态度，经乔正家这么一说，汪丽丽、刘文川这才恍然大悟，怪不得哑巴对金保管员恨得咬牙切齿。

　　"是啊，我们可以理解哑巴的心情。"乔正家说，"保管室被盗，当干部、社员代表和民兵搜哑巴的家时，我与周定魁自始至终在场，我与周叔观察哑巴的言行举止，她根本不像偷保管室的人，她不慌不忙、不急不躁，只是一个劲儿地袒护那个男人。如果是哑巴和她那个男人偷的，哑巴的表情不会那样平静。搜了哑巴的家，后来发现马壁梁山洞里的粮食，找人来辨认，认定装粮食的东西是她家的，当时我就产生了怀疑。我问周定魁：'周叔，你当过驻所副，破过不少案，你认为呢？'他说：'哑巴偷粮食的可能性极小。'"

　　"那你俩为什么不去向乐支书和赵队长阐明自己的观点呢？"刘文川问乔正家。

　　"他们能听我俩的吗？"

　　刘文川沉默了。

"赵队长应该也看出了其中的端倪，才没有继续追查。"

接着他们谈起了哑巴拿着弯刀撵金保管员，金保管员找赵队长遭狗咬的事。

他们谈到大半夜才离开。

晒场上用人基本上是固定的，那些人熟悉晒场里的活儿，一般三四人，有时候五六人，这要由天气情况、晒多少粮食来确定。能够到晒场来的，全是一些做活儿细致勤快而且手脚干净，即不把粮食往自己兜里揣的人，这些人多数是女的，也有男的。刘文川当保管员后，赵队长调换了一下人员，把汪丽丽和哑巴安排到了晒场上。很显然，赵队长这样安排是想缓解一下哑巴的情绪。

晒场早上不出工，上午和下午才出工。哑巴来得比较早，她是第一个到晒场的，见了刘文川，她伸出大拇指比画，称赞刘文川是个好小伙子。她来后不多时，汪丽丽和其他人陆续来了，哑巴见到汪丽丽，十分客气地向她点了点头，汪丽丽友好地向她打了招呼。其他人对她不屑一顾，她好像也不在乎。

上午来了的人先收拾晒坝，如果晒坝里有东西，就把那些东西拿走；如果晒坝里有积水，就用扫帚扫去积水，等太阳出来把晒坝晒干了再把粮食从保管室的仓库里一箩筐一箩筐地抬到晒场上去，然后用耙均匀地铺开，晒上三四十分钟翻晒一次。在这三四十分钟的时间里，刘文川还能看一会儿书。他看书，妇女们边摆龙门阵边纳鞋底。

到了中午十二点妇女们都回去吃饭了，就只剩下刘文川一人，他本想利用这个时间看看书，可是那些从松林坡上飞来的鸟抢着偷吃晒坝里的粮食，刘文川见它们来吃粮食，拿起耙就去追赶它们，那些鸟还是怕人的，见有人驱赶，扑棱棱地就飞走了。赶走了鸟，他这才坐下来看书。看了不多久，那些胆子大的鸟又飞来了，他再次去追赶那些鸟儿。反复几次，他也静不下心来看书。

妇女们一来，他就回去了。他回去的路很近，从松林坡下去，几分钟就到了家。他吃了饭，又返回保管室。

下午五点多钟收场。上午活路清闲，下午忙碌，不仅要收拢晒场上的粮食，还要用风车去杂质，全部装进仓库才完事。摇风车是很辛苦的，一般是男同志的活儿，女同志很少做，吃不了那个苦，但上工第一天哑巴就抢着要摇风车。哑巴摇风车，其他人就往风车的斗里倒粮食，箩筐满了往仓库里抬。晒场晒一次粮食，不是八百斤，就是一千多斤，往往收完场就已经很晚了。

出太阳时，晒粮食，阴天或下雨天就筛选粮食。来年的种子和上交国家的征购，都要进行筛选，把不饱满、霉烂的粮食和杂物筛选出来。只有征购交了才能闲下来。

种子入了仓，征购交了，晒场上没有事做了，那些经常在晒场里做活儿的人回到了农业生产上，只有刘文川一人在保管室里，这是他看书的美好时光。

基干民兵看守了十天保管室，又在全队轮流转了。冬天里夜变长，刘文川晚上想看书，又没有多余照明的，一月一家人供应的那一斤煤油票，只够家里用，此外他母亲晚上家务事收拾完了后还要给一家人做鞋子。他跟父亲说："爹，晚上我想看书又没有煤油，保管室有很多煤油，您能不能给队长说一下，我一人去看守保管室？"

"你一人去看，难道就不害怕吗？"刘东明问道。

"我不害怕。"

刘东明和王金凤夫妇没有意见，很显然，这是默认了。

刘文川去找队长，队长对他说："我们开个社员会再定吧。"

晚上，赵队长召集社员开会，当他把这件事提出来时，大多数人同意，只有少数人反对，少数人反对的原因是担心刘文川年龄小，不懂事，不放心，怕误事。刘文川见有人反对，站起来坚定地说："我是基干民兵，我能保护好这里的每一粒粮食，请大家放心。"在赵队长的再三解释下，那些不同意他看守保管室的人也被说服了。

开完会后的第一个晚上刘文川就上任了，他背上步枪，准备了一把新电筒，意气风发、兴高采烈地来到晒场，他在晒坝边上来回走了走，用电筒四处照了照，放开嗓音吼了几声，以此来给自己壮胆。之后他就回到保管室，拿出里面的煤油灯看书。那天晚上，他看到十一点才去睡觉。

第二天晚上，汪丽丽、乔正家和周新锐来了，他们先是坐在晒坝边聊天，觉得有点冷，刘文川便开了会议室的门，里面有堆刨花和一些废料木块，这些废木料都是黄木匠做拌桶、砍犁头丢下来的，供社员开会时烤火用。他们在会议室烤了半宿的火，汪丽丽和乔正家夫妇走了，周新锐留了下来，要跟刘文川做伴。

周新锐跟刘文川做了很长一段时间的伴，刘文川要跟他平分工分，周新锐说什么也不同意。

十三、理论辅导员

    一个清冷的早晨，刘文川正要离开保管室，赵队长找他来了。

    "赵叔，您早！"刘文川见赵队长来了很有礼貌地问候道。

    "文川，我跟你说个事。"赵队长很严肃地说。

    见赵队长严肃的样子，刘文川有点紧张。

    "什么事，赵叔叔？"

    "你不当保管员，"他放松了情绪说，"也不去看守晒坝了，根据上级指示，每一个生产队要推荐一名理论辅导员，要求条件是初中、高中文化程度，表现好，积极上进好学，我看你很符合这个条件。"

原来是件好事，他心里美滋滋的，暗自高兴。

"谢谢赵叔叔看得起我，"他问，"我不当保管员了，那保管员还是金刚叔叔？"

赵队长摇了摇头说："金刚当保管员群众意见很大，尤其是哑巴等人。"

"他不当保管员，那找谁来当呢？"

"通过队委会讨论，由汪丽丽来代替你。"

听说是汪丽丽，刘文川高兴极了，说："汪姐当保管员是再合适不过了，她是基干民兵班长，警惕性高，大公无私，对人又好，还能吃苦耐劳。"

"我们队委会正是看上了她这些优点。"他说，"那好，你明天上午跟我到公社去开会吧。"

第二天，刘文川与赵队长到公社开会，会议的基本内容是，公社成立理论学习领导小组，每个大队和生产队都要专设一名理论辅导员。理论辅导员的主要职责：一、组织干部群众学习马克思、恩格斯和毛主席著作；二、通过学习提高广大干部群众的思想和政治觉悟，热爱集体，热爱祖国，热爱社会主义；三、结合学习，开展比学争先活动。

公社会开了，晚上开社员会，会上赵队长传达了公社会议精神。为了落实公社会议精神，生产队成立了理论学习领导小组，赵队长任组长，刘文川任副组长，成员有汪丽丽、黄木匠、乔正家、周定魁和周新锐。办公地点设在生产队学习室。

生产队理论学习领导小组一成立，赵队长及时召集大家在会议室开会。根据上级指示，每个生产队要有专门的学习室，原来的学习室用不上了，木匠在里面做拌桶、砍犁头；篾匠在里面编织垫席、簸箕；经营组在里面选棉花。现在要新修一间学习室，新修的学习室，只能就地取材。周定魁建议，学习室应该选在全队集中的地方，他说，晒场边挨近松林坡，那里有一块荒地。黄木匠也认为那里好。周定魁的建议被大家采纳了。

修建学习室几乎调动了全队的所有劳动力。石匠打地基，土匠筑墙，木匠找木材修房子，黄木匠一人做不过来，赵队长便到其他生产队请了两个木匠。生产队缺乏木材，因地制宜找石头来代替，坡上有的是石头，因此学习室里的桌子、凳子，包括地上铺的全部是石头。

刘文川、周定魁、乔正家三人正在低头收拾学习室，哑巴来了，她向他们仨笑了笑，走到刘文川跟前，从裤兜里拿出一个本子和笔，在本子上歪歪扭扭地写了两行字：你们到我家里去吃饭，中午我家里有客，赵队长和汪保管员也来。

"你家请客，有好事？"乔正家问。

"啊，啊啊！"她对乔正家点了点头。

"嫦娥姐，我们一定来。"刘文川说。

"既然哑巴请我们到她家去吃饭，那我们就走吧。"周定魁说。

到了哑巴家里，迎接他们仨的是一位英俊男人，不是别人，正是那天保管室被盗，干部、社员代表和民兵搜哑巴家时搜出的那个人。他笑容满面、毫无拘束地把他们仨迎接进屋，自我介绍道："我姓曾，名相，是一名医生。"说着拿出一包香烟让他们仨抽。周定魁和乔正家接了，刘文川不抽烟，没有接。

他们正说着话，赵队长和汪丽丽来了，当他俩见到曾相时，惊愕不已，曾相向赵队长和汪丽丽作了自我介绍。

中午，哑巴做了一桌丰盛的午餐，还备有酒。酒足饭饱后，曾相向赵队长等人谈了他的身世和他与哑巴相爱的经过。

他说："我家离这里有二十多里，我还有一个孪生弟弟，我俩都就读于南京海军学院。在读大二时国家解放了，我就回到了家，一回来就被安排在外公社小学教书，后因犯了错误，丢了工作，妻子另嫁了人，我便成了个光棍。"他沉默了好一会儿说，"我不能就这样虚度年华，我有文化，不能这样消沉下去。于是我就自学起了医，通过读药书，刻苦钻研，不懈努力，不仅一般头疼脑热的病我能治，即便是一些疑难杂症我也能治，我在我们那一方医治了很多患者。我与谭嫦娥相识其实很简单。那是去年的10月份，我出诊回来，发现家门口站了一位高大的美女，我问：'姑娘，你找谁呢？'她怯怯地看了看我，从衣兜里拿出来了一个本本和一支笔，她写道：'我叫谭嫦娥，是三河公社某某大队某某生产队人，我来了几次都没有找到您，我不能说话，但能听懂别人说话，我是来找你看病的，据说，你能治疑难杂症，我想我的病你会治好的。'我看了她在本子上写的歪歪扭扭的字，向她友好地点了点头，然后开了门，把她带进了屋。我知道她这么远来，还没有吃饭，就给她做了一碗臊子面。走了这么远的路，想必她早已饿了，就毫无拘束地接过我手上的碗吃了起来。我只顾给病人看病，没有注意到她，至于她什么时候走的，我一点也不知道。没有几天她又来了，来时她背了一个小背篓，背篓里还有一只鸡和三十个鸡蛋。我问：'你带这些来干什么？'她妩媚地向我笑了笑，把背篓里的鸡和蛋拿了出来放到屋里就走了。从此以后，她隔十天半月来一次，接触之后我了解到，她与郑家的婚姻没有解除，于是我俩只好偷偷摸摸地来往。那天你们来搜哑巴的家，我以为是来捉我俩奸的。那天真是狼狈极了，也把我吓坏了。"

他看了看哑巴，哑巴还在收拾家务，便继续说：

"哑巴曾在本子上用笔跟我交流，她说保管员多次把她叫到保管室，以称粮为名，企图猥亵她，要不是她极力反抗，金保管员早已如愿以偿了。"

"还有这等事？"赵队长听了很惊讶，也很气愤。

其他人听了面面相觑。怪不得金保管员处处给哑巴使绊子，哑巴仇恨他，这也在情理之中。

要不是曾医生说出来，赵队长他们还被蒙在鼓里。

"你是什么时候知道保管室被盗的？"赵队长问曾医生。

"没有几天哑巴就来向我说了。"他说，"哑巴说，她恨透了金保管员，还说要杀了他。我说，你杀了他，你也活不了，吓唬吓唬可以，千万不要认真，更不要做傻事，哑巴听了我的话。"

"难怪，哑巴追到金保管员没有下手，原来是你跟她打了招呼的，不然，金保管员小命难保。"赵队长笑着说。

"看来，这金保管员还得感谢曾医生了。"乔正家说。

"真是知人知面不知心。"刘文川说。

"依我看，你们保管室被盗说不定就是金保管员搞的鬼，他想嫁祸给哑巴。"曾医生说。

"如果真的是这样，那金保管员也太坏了。"周新锐说。

曾医生问赵队长："生产队能不能出面把哑巴的户口迁回来？"

"可以，"赵队长说，"她户口迁回来，您也可以把您的户口迁过来。"

曾医生咯咯地笑了笑说："只要谭嫦娥的户口迁过来就谢天谢地了，我的户口就算了。"

"你的也迁过来，你是个医生，你来我们是欢迎的，我们生产队里的人要是有个头疼脑热的就不到其他地方找医生了。"赵队长说。

"以后看情况吧。"曾医生说。

赵队长问曾医生："你认为哑巴的病能治好吗？"

"为了她的病，我翻阅了上百本药书。从理论上讲，她的病是能治好的。"

赵队长和汪丽丽走了，刘文川、乔正家和周定魁在哑巴家里歇了一会儿。

　　一会儿，赵队长又回来了，通知刘文川到县里培训二十天。不是所有生产队的理论辅导员都去县里培训，全公社只通知了十多个生产队，其中就包括赵队长这个生产队。

　　接到通知后，刘文川欢呼雀跃，他只去过仪陇县城，还没有去过本县城。去仪陇县城是走着去的，这次他要坐班车。他还没有坐过班车，只坐过拖拉机和汽车。

　　他们公社没有通班车，只能到千佛场去乘班车，他们离千佛场三十多里。千佛场的班车只有一趟，早上六点半发车。王金凤半夜就起来做饭了，刘文川吃了饭鸡还没有叫头遍，他一人走那么远的路父母不放心，刘东明就送儿子去了千佛场。

　　可是还是去晚了，班车走了。经打听，老观下午三点半还有一趟班车。

　　"我去老观坐下午三点半的班车！"刘文川对父亲说。

"我看也只有这样了。"刘东明说。

刘文川到了老观才十点多，他想去看一下表叔，顺便看看穆月桂。

李成均在办公室里看文件，见刘文川来了，放下手中的文件，和颜悦色地说："哟，文川来啦，请坐！"

刘文川很拘束地抱着手中的包说："我是到县城培训的，没有赶上千佛场的班车，这才到老观来搭乘。"

听刘文川说去县城学习，他说："你月桂姐也去学习，下午三点半的班车，你与她同路进城。"

听说穆月桂也去学习，刘文川自然高兴，说："月桂姐也去学习，那太好了。"

中午来了人，李成均给伙食团打招呼去了，刘文川去了职工学习室。

"月桂姐！"刘文川说着就向里面走去。

穆月桂正在忙碌地整理报，见刘文川来了，放下手中的活儿，惊喜地问：

"你什么时候来的？"

"刚才，听表叔说你要去县城学习，我也是，千佛场没有搭上车，听说老观有下午的班车，我就来了。"

"车票买了吗？"

"买了，你呢？"

"昨天就买了。"

"你们那里交通太不便了。"

"是啊。"

穆月桂把凳子让给刘文川坐，自己站在他身边。两年不见，刘文川长高了不少，她上下打量了一番，问："你还在读书吗？"

"在，不过阅读的时间少。月桂姐，你这里又进了新书吗？"

"有，你看那几格上面。"穆月桂把刘文川带到书架处。

刘文川翻了翻，见没有什么好书，便把书放回原处，在一摞报刊里抽了一本杂志看。

十二点到了，穆月桂把刘文川带到了伙食团。

吃了午饭，穆月桂回寝室收拾东西，李成均把刘文川安排在自己的寝室休息。

下午不到三点刘文川便去了车站，他在车站等了十多分钟穆月桂才来，穆月桂买的是前排，刘文川在后排。挨着穆月桂坐的，是一位中年妇女，她对中年妇女说：

"阿姨，我有个朋友在后排坐，我想让他和您换下，他到前排来跟我一起坐，您到后面去坐，行吗？"

阿姨很通情达理，点了点头到后排去坐了。穆月桂对刘文川说："你来挨着车窗坐吧。"

说着站起来让刘文川坐在车窗前。

刘文川第一次坐班车，什么都觉得新鲜、好奇，尤其是车窗外面那些飞驰而过的房屋和景色。

他俩一路兴致勃勃地畅谈着，转眼间就到了县城。

住宿安排在县招待所。招待所一共有三层楼，一层和二层都是来学习的人员。刘文川和穆月桂都被安排在了一层，中间只隔两个房间。刘文川房间里包括他一共有三个人，穆月桂的房间里只有两个人，其中一个是区妇女主任。他们到了招待所没有多久就开饭了。

饭后，刘文川回到房间，倒在床上便睡了，他实在太累了。

开初学习安排在县招待所会议室，两天后，说县上有重要会议要开，后续学习安排在农场。县招待所到农场还要走二十多分钟。

来时天气还比较暖和，在农场刚刚学习了一天，天突然变了，一连下了好几天雪。工作人员在学习室里生起了几个焦炭炉子，屋里暖烘烘的。

和穆月桂同住一个屋的区妇女主任，学习了三天就走了，她走后房间里只剩穆月桂一人。

"文川，我一人在房间里害怕。"穆月桂对刘文川说。

"我晚上不睡觉来陪你。"刘文川不假思索地说。

"那怎么行呢？"穆桂英羞涩地说。

"晚上，你睡你的觉，我坐在床上看书。"

晚上，穆月桂在一张床上睡觉，刘文川坐在另外一张床上看书。

第二天，穆月桂去找服务员，这才给她房间安排了一个女学员进来。

二十天很快就过去了，刘文川结束培训回去以后发现，乔正家和周定魁把学习室的房子修好了，石桌和石凳也都安好了。

刘文川回去当天晚上就组织社员学习，一个半小时后才结束，他要求以后每天晚上都是如此。

学习结合农忙安排，春天和秋天不组织学习，春天要播种，秋天要收割，学习只能安排在夏天和冬天。转眼又到了第二年的夏天。一到夏天的中午，午饭过后全生产队的社员都要来学习室学习两个钟头。

十四、曾医生

　　秋收已经过了一月有余，学习班早已停了。生产队没有具体安排刘文川参加生产劳动，他可以参加，也可以不参加，他的职责是把理论学习班办好。有时候他待在生产队学习室看书，有时候待在家里看书，有时候拿着书到处转，如去松林坡、马洞坡、宋家湾等。有一天，他拿着书来到马壁梁。秋天的马壁梁，不少树的树叶都黄了，阵阵秋风，吹落了不少黄叶。刘文川走在山梁上，脚下是一层厚厚的树叶，身上和头上也落了一些树叶，当他走了一二百米后，看到一老一少在一棵松树下的石头上看书，走近一看，原来是曾医生和周新锐。

哑巴的户口2月份就迁回来了，是赵队长亲自到哑巴丈夫家的生产队、大队和公社办理的。起初哑巴丈夫和他家里人不同意，赵队长经过一番苦口婆心的说教，这才同意与哑巴办理了离婚手续。哑巴与前夫婚一离就与曾医生办理了结婚手续，他俩再也不用躲躲闪闪、偷偷摸摸地来往了。他俩结婚后，赵队长想把曾医生的户口落到生产队来，但他们生产队不同意。

听说曾医生的医术好，有不少人找他看病。汪丽丽经常犯盲肠炎，有时半年发一次，有时两三个月发一次，最严重的是到鹤峰十大队小学打靶比赛那次。汪丽丽找过曾医生，把病情向曾医生说了，曾医生给她拿了一些膏药，病发时就贴在肚脐眼上面。他的膏药还挺管用，病发时贴几次就有好转。

周新锐初中一毕业他父亲就想给他找个手艺学，农村流传着这么一句话：养儿不学艺，挑断箩篼系。可是，他不知道该给儿子找个什么手艺学好。他认为打铁这手艺不错，旱涝保收，于是托人找到狮子公社的郑师傅。郑师傅说，他做不了主，是区铁木社一个姓邵的主任在管，他又托人去找邵主任，层层找关系，好话说了不少，郑师傅这才把周新锐收为徒弟。可是周新锐学了不到两个月就不干了，他说打铁又苦又累，整天身上灰沉沉的，穿不到一件干净衣服。见儿子不愿去学打铁，他问道："那你想学什么手艺？"周新锐也拿不准究竟学什么手艺好。周定魁想了想，木匠不像铁匠那样辛苦，还能穿上干净的衣服，并且跟其他匠人一样受人尊敬，便问儿子："你嫌打铁辛苦，那你去学木匠如何？"听说去学木匠，儿子不假思索地说："学木匠好，那我就去学木匠！"于是周定魁就开始物色木匠师傅。他认为黄木匠手艺过硬，于是就去找黄木匠。黄木匠说他从来不带徒弟。遭到黄木匠的拒绝后，周新锐一时没有找到合适的手艺学，就开始做魔芋和木材生意。他与赵圆圆定亲后，见曾医生医术好，又有学问，于是就萌生了向曾医生学医的想法。他把这个想法跟父亲说了，父亲很是支持，周定魁让赵队长去找曾医生，曾医生听罢没有任何推辞就同意了。

"周新锐，你也在这里？"刘文川惊喜地问，惊喜之余他又谦逊地对曾医生说，"曾医生，您好！"

"你怎么也来了？"周新锐也惊喜地问。

"我很少到这个地方来，"刘文川说，"去年保管室被盗搜家时我来过这里，这是第二次。"

"这里清静，风景又好，曾师父带我到这里来背处方。"说着他将厚厚的处方单交给刘文川看。

曾医生对刘文川很有好感，哑巴曾用笔在本子上写给他说刘文川是好人。周新锐也经常在他面前提起刘文川，说买了很多书，爱好阅读，他与刘文川是最好的朋友。

"来，坐下，"曾医生站了起来，"我听小周说你很喜欢看书，我家里有不少藏书，那些书都是上一辈留下来的，如果你不嫌远，下午就跟我到家去拿几本回来看，这里到我家有二十多里。"

听说他家里有很多藏书，刘文川十分激动地说："谢谢曾医生，您真是个好人，周新锐知道，我是一个吃得苦的人，别说二十多里，只要有书看，即使有两百里路程我也无所谓。"

"新锐，你谭姐在晒场上，你去把她喊回来，中午我要在家里请几个人吃饭，把汪保管员的饭也准备了，除了刘文川外，把你父亲、岳父和赵圆圆都请来。"

"好的！"周新锐爽快地答应着。

周新锐喊人去了，曾医生把刘文川带到了哑巴家。

曾医生和刘文川回来没多久哑巴就回来了。见中午请客，而且请的是她最喜欢的人，她非常乐意和开心，走到家就到鸡笼里抓了一只鸡杀了。

哑巴回来不久，周新锐也把他父亲周定魁、赵队长和赵圆圆请来了。

赵队长爱打川牌，他走到哪里都要把牌带上，来到哑巴家也不例外。几个男人除刘文川外，没有一个不会打牌的。

曾医生、赵队长、周定魁和周新锐打牌，哑巴和赵圆圆做饭，刘文川到房后看书去了。

这天哑巴做了一桌丰盛的午餐，曾医生拿出

两瓶好酒，赵队长、周定魁、周新锐和刘文川畅快地喝着，曾医生殷勤地劝着酒，哑巴不停地给大家夹菜。

吃完饭后，赵队长和周定魁出工去了，哑巴和赵圆圆收拾碗筷，曾医生带着周新锐和刘文川回曾家去了。

去曾医生家，要过三汊河，走粉坊田沟，第一个石河堰分路，一条路向走粉坊田沟上灵观庙，一条路过石河堰走落鸡坪上飞蛾坪，其实走粉坊田沟上灵观庙也可以到飞蛾坪，不过要多走一两里。曾医生、周新锐和刘文川很快就走到了飞蛾坪。飞蛾坪海拔四五百米，比灵观庙稍高。站在飞蛾坪上，山脚下是九龙坝，九龙坝处是无边无际即将黄了的水稻，早黄的社员们已经在用拌桶打了。飞蛾坪矗立在众山沟壑的中间。从飞蛾坪下去是一条大路，那条路直接通到九龙坝。

"曾师父就住在九龙坝下面。"周新锐对刘文川说。

走在山梁上，两边的景色尽收眼底，不仅能看得见两边的生产，还看得见农户的房子，有的房上还冒着袅袅炊烟，隐隐约约听到鸡鸣狗吠。

山梁上的路宽两三米，有的是在山上用錾子打出来的，有的是用石条码的，下几十步台阶，就有一个平台，每一个平台上有一个凉亭，沿途还有几棵粗壮茂盛的黄桷树，黄桷树盘根错节，郁郁葱葱。

沿着路走三四里有一个地叫白鹤滩，那里生长着一大片茂密的毛竹，有成千上万只白鹤，白天飞出去觅食，晚上飞回竹林栖息。

"曾医生，我们能看得见白鹤滩吗？"刘文川好奇地问。

"遮住了看不见。"曾医生说。

刘文川突然想起三年前他们一家到仪陇县经新华，看到白鹤从竹林里飞出去。

"曾医生，我们三年前到仪陇县经新华，也看到竹林里有白鹤栖息。"

曾医生："九龙坝涵盖两县四五个公社，面积达两三万亩，冬水田占一半以上。冬水田里生长着鱼虾，白鹤是以鱼虾为食，所以九龙坝的白鹤多。我知道你们赶新华场，那里有一个小塆竹林，里面有白鹤栖息，不过那只是极小的一部分，我说的白鹤滩，有着九龙坝里最大的一支白鹤群。"

他们走到九龙坝，又走了二十多分钟就来到了曾医生家。

曾医生的家原来是一个瓦木结构的装备房，占地面积五六亩，有的仍在这里住，有的已经搬迁了。曾医生住的是三间厢房和一个转角灶房，四间房每一间不少于二十平方米，灶房更大，有三十多平方米。曾医生到家后，开了几间屋，第一间是药房，里面放了三排高两米、长三米的药柜，每一排药柜的小抽匣上都写着中药的名字，除那些药柜外，挨着墙壁还放有许多大大小小的柜子，想必那里面装的全部都是中药材。第二间是曾医生的卧室，里面有一张老式架子木床；两个柜子，柜子上放有两口樟木箱子；一张大书桌上整整齐齐地放了很多药书；书桌前放着一把椅子。第三间屋是一间病房，里面放了六张单人床。第四间灶房里放置了一些簸箕、筛子，那些簸箕和筛子里全部是从山上采的中药材。

听说曾医生回来了，那些来看病的农民闻讯赶来，陆陆续续来了七八个病人。曾医生看病，周新锐也没有闲着，他手忙脚乱地进灶房去烧了一壶开水给师父和刘文川各泡了一盅茶。他没有等曾医生吩咐，主动将晾在灶房外面的几张簸箕里的中草药端到院坝上去晒。见周新锐在往外端那些簸箕，刘文川也来帮忙。曾医生看病，看完一个就用毛笔写处方，然后抓药、收钱，第一个病人，第二个病人，第三个病人……

　　曾医生看完了病，天就不早了。他觉得有些疲惫，靠在椅子上休息。周新锐就把院坝晒的药端进了灶屋。周新锐来过几次了，对曾医生的家里很熟悉。见水缸里没有水，他挑起水桶就去挑水，刘文川也跟去了。水井离曾医生家有三四百米，那是一口古井，看样子已经有几百年了。井是用条石砌起来的，井口外面是用石板铺成的，里面的水清凌凌的。周新锐挑完水，就去做饭。中午肉吃得多，晚上煮的绿豆酸菜稀饭。他把饭端上桌，这才去喊曾医生。

曾医生还没有走到灶房，又有一个人来找他看病。

"曾医生，下午我才知道你回来了，我父亲病得很严重，你去帮他看看吧！"那人走得大汗淋漓。

"好的，我把晚饭吃了就去，你稍等！"曾医生说。

"我把你的晚饭准备好了，到我家去吃。"

那人这么说，曾医生也没有勉强，转头对周新锐和刘文川说："你俩吃吧，我走了。"他又对刘文川说，"回来一直忙着，我明天给你找书。"说完背着药箱跟随那人匆匆地走了。

饭后，周新锐烧了一锅热水，他先让刘文川洗了澡，然后自己才洗，他洗了，又给曾医生烧了一锅水。一切收拾完毕，他才带刘文川到曾医生卧室去休息。周新锐背处方，刘文川就翻阅那些药书。九点多，曾医生回来了。

见曾医生回来了，周新锐把锅里的水舀到黄桶里，说："师父，去洗澡吧，我已经把热水舀到黄桶里了。"

"小周，你想得很周到，谢谢，辛苦你了。"

"这是我应该做的。"

曾医生洗了澡就去睡了，而周新锐和刘文川一直看到晚上十一点才睡觉。

天还没有亮就有病人来了，曾医生起来开了门，见师父起来了，周新锐也起床了。

曾医生先把病人请到了屋里，然后手上提着马灯，找了一个背篼到楼上背了一背书。

刘文川起床后，来到曾医生的卧室。

曾医生对他说："这些书弥足珍贵，是我祖先留下来的，你喜欢就选些拿回去看吧，看完了再来拿，可千万不要搞丢了。"

"谢谢曾医生，我不会搞丢的。"刘文川感激且信誓旦旦地说。

这些书多数是线装的，而且有很多还是繁体字，他选了十多本，有《红楼梦》《水浒传》《三国演义》《隋唐演义》等。

天亮了，曾医生收拾了一下药房开始给病人看病，周新锐做饭，刘文川把选好的书抱到病房去看。

周新锐把早饭做好了，他们正吃着早饭，陆陆续续又来了一些病人。

"小周，你吃了饭把药端出去晒了，然后再去割两斤肉回来，好好招待一下小刘。"曾医生说着就拿出钱和票交给了周新锐。

"好的！"周新锐接过钱和饭票十分高兴地说。

"曾医生，书也借到了，我就回去了，不麻烦你了。"刘文川诚恳地说。

"既然你要走，我也不勉强留你，你回去跟你谭姐说，我过几天就回去，这里病人多。"

"好的，谢谢曾医生的书！"走之前，刘文川对曾医生说，"曾医生，我想到白鹤滩去看看，这里到白鹤滩还有多远？"

"从我家到白鹤滩还有六七里。"曾医生说。

周新锐给刘文川找了一个小背篓，刘文川向曾医生和周新锐道别后前往白鹤滩。

刘文川走了二十多分钟后来到一条小河边，不远处有一座石板桥，从桥上过去爬一个土坡，站在土坡上就能看到白鹤滩了。那里有大片茂密的竹林，竹子上面有类似石灰一样的白斑。

一男子背了一夹背谷子正往一个台墩上歇息，刘文川走到那人面前谦逊地问："这位大哥，打扰您一下，那大片竹林就是白鹤滩吗？那竹子上白的是什么？"

那男子把一夹背谷子稳稳地放在台墩上，一只手用毛巾擦了擦脸上的汗，一只手撑着夹背说："嗯，那是白鹤滩，竹子上的白是白鹤拉的粪便。"

看到大片竹林，却没有看到白鹤，他又问："现在竹林里还有白鹤吗？"

"白鹤白天出去觅食了，下午天快要黑时才回来。"

那人歇息了片刻便背着谷子走了。

刘文川没有看到白鹤，感到很沮丧。回去时，他还是走的从九龙坝下来的那条路。

下午，刘文川到了学习室，他把曾医生交代的事带给了哑巴，哑巴听了又是点头，又是摇头的，一双手来回地比画着。

听说刘文川回来了，赵圆圆也来到了学习室。她走进学习室迫不及待地问："刘文川，周新锐什么时候回来？”

“怎么，周新锐才离开一晚上你就挂念他了？”
刘文川逗趣道。

“谁说我挂念他了？”赵圆圆脸红了。

刘文川将周新锐在曾医生那里的情况向赵圆圆
说了。

“曾医生说，他们过几天就回来。”

听说周新锐过几天才回来，她显得有些失落。

刘文川在学习室看书，赵圆圆拿着粉笔在黑板
上涂鸦或练习写字。

五天后曾医生和周新锐回来了，周新锐给刘文
川带了一套线装本的《康熙字典》，共计十七本。

十五、保送大学

　　秋收还没有结束，生产队召开社员大会，传达公社会议精神，今年要在农村招收一批大学生，还是像往年一样，生产队和大队推荐，要求条件：贫下中农出身、初中及以上文化程度，党团员、生产积极分子、热爱祖国和人民、积极上进、刻苦好学、年龄在十八岁至二十五岁的男女青年。经过推荐，符合条件的只有刘文川，赵队长把名额报到大队。全大队推荐了三名，另外两名都是高中毕业，只有刘文川是初中毕业。最后经过大队支部审核，刘文川被推荐了出来。

乐书记把表格交到刘文川手中说："表格上面还要每家每户签字盖章，没有章按上指印也行。刘文川，衷心地祝贺你！"

刘文川紧紧地握住乐支书的手，激动得眼泪流了出来，说："好的，乐书记，谢谢您！"

刘文川很顺利地完成了签字盖章。半个月过后，刘文川接到通知，他被保送到某农业大学读书。

儿子被保送读大学，刘东明和王金凤心里乐开了花，吩咐刘文川及时将这个特大的好消息给他大哥、大嫂、二嫂带去，同时给二哥写封信。

吴丹阳在部队待了三个月就回来了，因母亲有病，一直在娘家照顾她母亲。

晚上，刘文川开始给二哥写信。

二哥：

告诉你一个好消息，我被推荐到农业大学读书。二哥，我做梦都没有想到，我这辈子还有机会走进学校读书。到学校里去读书，是我梦寐以求的事。

三年前，我和爹妈、大哥、大嫂、二嫂一家人到仪陇县城去照相，当路过新华中学时学校正下课，学生们欢蹦乱跳地从校门口走出来，我是多么地羡慕他们啊！当时我就想，要是我还在学校里读书不是跟他们一样吗？母亲、大哥、大嫂和二嫂他们往前面走了，可我还在那里呆若木鸡地看着那些学生们。他们走了很远，见我还在后面，大哥又回转来喊我，我万分不舍地离开了那里。

是的，我非常想读书，即便在梦中，我都在学校里！当我从梦中醒来时，还回味无穷！我没有机会在校读书了，那我就自学。自学没有书，我就去借，挣钱想办法买。我在周定魁、乔正家和李超全那里借过书。我用背煤、背粮和扛木材挣来的钱买了不少书，粗略统计了一下，在三年的时间里，包括借来的和买来的，我读了二三百本，从那些书里我学到了不少东西，懂得了不少做人的道理。我想再等几年我就写一些东西寄给报刊。我以为我一辈子与学校无缘了，没有想到还有这等好事，不知道我们刘家哪辈人修来的福分！谢天谢地！二哥，我到学校一定好好学习，将来报答党和人民。

弟：文川

1975 年 10 月 7 日

刘文川写好了信拿到乡邮政邮寄，准备到二嫂娘家、大哥家去一趟。

王金凤准备了三十个鸡蛋，还把过年时生产队里发的一斤白糖票，到供销社买了白糖让儿子一道给亲家母送去。

刘文川一走到吴家，吴丹阳就看到了。

"文川，你来啦！"

"是的，二嫂，我来了，表婶的病好些了吗？"

她一边接刘文川手上的东西，一边说："反正就是那样，时好时歹的。父母的身体好吗？"

"父母的身体很好。"他问，"二嫂，二哥最近写信给你没有？"

"一月一封信，我收了你二哥的信还没有几天呢。"

刘文川把保送读大学的事告诉了二嫂。吴丹阳听后脸上乐开了花，她接连说了好几个祝贺。

吴丹阳的父亲出工去了，刘文川向表婶问候了就要走。吴丹阳和表婶让他吃了午饭走，他说还要到大哥那里去一下，看看表婆、表婶和表叔。吴丹阳见他执意要走，也没有挽留。

刘文川从他二嫂娘家回来，想去看看朋友李超全。他已有两年没有与李超全见面了，有人赶千佛场说他在千佛供销社收购门市部工作。千佛供销社收购门市部在下场大桥上面，凡是刘文川那边赶千佛场的人都要从桥上经过，刘东明曾多次赶过千佛场没有看见过李超全，刘文川到他大哥李家去过下场也从来没有看见过他。刘文川吃了早饭，跟母亲打了招呼就直接去了千佛供销社收购门市部。

刘文川走进门市部，看到李超全正在与几个工人把收购来的药材打包上车，他就在一旁静静地看着。李超全早就看到刘文川来了，因忙于手上的工作没有向他打招呼。

"对不起，我刚才忙着，没有向你打招呼，请朋友原谅！"李超全擦了擦脸上的汗说。

"没关系！"刘文川说，"我去大哥家没有看到你在收购门市部，你是什么时候调到这里来的？"

"我从你们三河公社供销社调到鹤峰公社供销社，在那里工作了一年，又调到望垭公社供销社，在那里工作了半年又调到这里来，已有半年多了。"

李超全顺手给刘文川倒了一杯开水。

"喝点水吧！一会儿跟我回老家去，"他说，"我爸叫我今天回去吃午饭，你跟我一起去，我家离碑尔坡很近，猪垭子槽翻过去就到了。"

刘文川知道，这正是他要走的那条路。

"李超全，"刘文川咕嘟咕嘟地喝了几口水，喜滋滋地说，"告诉你一个特大好消息，我被保送去读大学啦！"

"什么，你被保送去读大学啦？"他笑得合不拢嘴，"刘文川祝贺你。"说着就紧紧地抱住刘文川。

李超全关了收购门市部的门，与刘文川向家里走去。

李超全的家就在猪垭子槽的边上，他家是单家独户，前后是一溜一溜的茅草房。他父亲很精神，言谈举止十分利落，他原来在区工高所工作，绰号叫"李鱼杆"，是管理市场的，由于他市场管理得非常好，凡是千佛区的人没有不知他这个人的。千佛场是个大市场，又是一个大猪市，横竖三四十里的小猪交易都要到这里来。

李超全的爸爸正在与一个女人忙着做中午饭，街沿边放着两个蜂窝煤炉子，一个炉子上放着一口鼎锅，里面熬着冰糖银耳，鼎锅里的水"扑哧扑哧"地响着，冒着一股一股的白气；另一个炉子上面放的是铝锅，铝锅里面炖的是鸡肉和香菇，锅里还没有烧开。

"爸爸，我回来了，这是我的朋友刘文川，他刚接到保送去上大学的通知。"他对刘文川低声说，"这个女人是我后妈，我母亲去世好多年了。"

"好啊！"他笑了笑对刘文川说，"小刘，恭喜你啊，快坐！"李超全父亲亲切地招呼道。

李超全的后妈给刘文川和李超全沏了两杯茶端
到了客房。

"超全，你带客人进屋喝茶吧！"李超全后妈亲
切地说。

"好的，谢谢妈。"李超全说。

李超全和刘文川边喝边聊天。

不一会儿，午饭做好了。午饭异常丰盛，炖的、
蒸的、凉菜等准备了一大桌。吃饭时李超全才说今
天是他父亲的生日。

刘文川尴尬地说道："超全，我不知道今天是你
父亲的生日，空手就来了，你看，这多不好意思！"

"文川，没关系的！"李超全笑着说。

饭后，李超全带着刘文川转田塝，晚上他俩一
起看书。

"这段时间你在家里干什么，看书没有？"

刘文川把贺国炳逼他出工，他到表叔那里背煤
认识了穆月桂，后来背粮、做木材生意、参加民兵、
当保管员、当理论辅导员的事一五一十地向李超全

说了，还强调自己空余时间一直在看书。讲完了自己的经历，他关心地问道："超全，你呢？"

"我没有什么爱好，工作之外，除了看书没有别的什么可娱乐的。"

聊了接近一个小时，他俩就看书了。李超全只带了两三本书回来，绝大多数书他都放在了单位里。

第二天吃了早饭刘文川才回去。

从李超全那里回来，隔了两天刘文川才到他大哥李家去。他有一年多没到李家了，不过他大哥大嫂一两个月就要回刘家去看父母一次。刘文山和李明华正准备上工，见弟弟来了，放下工具就带弟弟进了屋。

"你还没有吃午饭吧？"刘文山问。

"没有。大哥、大嫂，告诉你们一个好消息，我被保送读大学了。"刘文川兴高采烈地说。

听说弟弟被保送读大学，刘文山一下抱住弟弟激动地说："太好了，我们刘家出了一个大学生。"

李明华同样为刘文川被保送上大学而高兴。

刘文山在高兴之余，告诉弟弟刘文川一个噩耗。

“弟弟，李永刚死了。”刘文川说。

听说李永刚死了，刘文川感到很惊讶。

“李永刚死了？这是怎么回事？他是怎么死的？”

“是机器开爆了被碎片打死的。”刘文山说。

刘文山心情沉重地介绍了李永刚死的过程。他说，七八个月前，李永刚被大队农机厂招为学徒工，跟一个姓王的师傅学开机器，学了两三个月他就能开了。今年初，他给他们大队六生产队从一口大堰里往秧田里抽水，他开的是十五马的柴油机，那白花花的水从抽水机的管子里出来流到绿油油的秧田里，就这样抽了两天两夜。第三天的早上七点多钟，他去大堰附近的一个社员家里吃早饭。他刚吃完早饭回到堰里，便看到机器不断地在冒火花，响声很不正常，水箱里的水也干了，他知道情况不好，急忙找来水桶往机器水箱里加水，只听“轰”的一声巨响，机器爆了，可怜的李永刚头部和身体被碎片击伤了，伤势非常严重，他痛苦地又喊又叫，伤口里的血止不住地往出流，一会儿他就晕了过去。人们听到巨响，立即赶了过来，却发现被炸得面目全非、血肉模糊的李永刚已停止了呼吸。这时才通知他家里人、大队和生产队的干部来。去通知他家里人时，李永刚的大哥李永和还在外面给人做厨，是张小玲和刘文山去收的尸。他们把李永刚的尸体带回去后，李永和才急匆匆地赶了回来。李永和抱着弟弟的尸体痛哭。出葬那天，李成均还专门回来了一趟，对侄子的不幸遇难悲痛不已。李永刚死后与他父母挨着葬的。

刘文川说他要去看看李永刚，大哥把他带到了坟山里。在一座旧坟的左边，立着一座新坟，坟前有几堆灰烬，还有几丛发了芽的荆桩树。刘文川看着李永刚的坟，眼泪不住地往下流，他伫立在那里看着坟发呆。

"我们回去吧！"刘文山说。

"嗯。"刘文川深深地望了一眼新起的坟堆，转身的刹那，泪已滑过面庞。

刘文川为李永刚的不幸离世悲痛不已。

李永和和张小玲都没有在家，李永和外出做厨去了，张小玲回了娘家。

刘文山和李明华一年多前就有了小孩，是个女孩，取名萌萌，刘文川去时萌萌还在午睡，现在醒了。

萌萌在床上哭，李明华连忙把她抱起来边抖边说："萌萌，你幺爹读大学了，你长大了也去读大学，好不好？"

刘文川抱过大嫂手上的萌萌，对着她那稚嫩而可爱的脸蛋儿亲了亲说："萌萌，你将来一定要好好读书。"

刘文山见弟弟走累了，从他手上抱走了萌萌，交给了姜老太。

刘文山把刘文川保送读大学的事给他岳母和姜老太说了。

姜老太还没有从失去孙子的悲痛中走出来，她消瘦了许多，走起路来跟跟跄跄的。

李明华给刘文川下了一碗面。下午，刘文川要到老观去看他表叔，其实他更想去看看穆月桂。他对穆月桂很有好感，至于这是不是爱情，说不清楚，也许是吧。他看了不少的文学作品，对于爱情，他没有过多的考虑，他认为，自己年龄还小，还没有满二十岁，也还没有到谈情说爱的时候。当他被保送读大学时，觉得应该考虑这些事了。

兄弟俩到了老观就五点半了，刘文山迫不及待地把弟弟被保送读大学的事给岳父说了。

李成均听后，喜悦之情溢于言表，乐呵呵地对刘文川说："文川，你真有出息，要是你的好朋友李永刚在，他也会为你高兴不已。"说着就去握刘文川的手。

当李成均提到李永刚时，刘文川为过早失去这位知心朋友痛惜不已。

"他太不幸了，走得太早了！"刘文川说。

"是的，是我对他关心不够！"李成均自责道，"我要是早点把他带到厂来他就不会去大队农机厂学习开机器，我对不起死去的哥哥嫂嫂。"

李成均说着眼睛湿润了。

为了不给表叔增加悲伤，刘文川转移了话题。

"以前我给表叔添麻烦了。"

"哪里哪里，应该的。"他用手帕擦着眼睛。

"我去看看月桂姐。"说着就往职工学习室走去。

刘文川走进职工学习室，穆月桂正坐在那里看报纸。

"月桂姐！"

穆月桂见是刘文川，放下手中的报纸站了起来，亲切地笑了笑问："你什么时候来的？"

"我与我大哥刚来，"他说，"月桂姐，告诉你一个好消息，我被保送上大学了。"

听说他被保送上大学，她惊喜地说："刘文川，祝贺你！"

这时，李成均走了进来说："穆月桂，晚上你不要到食堂去吃饭了，刘文川被保送上大学，今晚我请客，到饭馆去吃饭。"

"好的，谢谢李叔叔！"

晚上，李成均拿了一瓶酒，在饭馆里点了一斤卤肉、一盘红烧豆腐、一份魔芋炒泡萝卜。饭桌上，李成均不停地给三人夹菜劝酒。

晚饭后，他们在职工学习室休息，穆月桂给每人泡了一盅茶，他们边喝茶边聊天，聊到很晚才去睡觉。

第二天，刘文山回去了，李成均让刘文川在他这里待几天，哪天有空把他送回去。

刘文川求之不得。

"月桂姐，大哥回去了，表叔叫我在这里待几天。"

"太好了，"她莞尔一笑说，"你喜欢看什么书尽管选，我们职工学习室在原来的基础上，又增添了许多图书和杂志。"说着就把近几个月进的《参考消息》《文汇报》《中国青年报》等拿到他面前。

刘文川除了吃饭睡觉，天天往职工学习室跑。他与穆月桂有说不完的知心话，他俩谈理想，谈国家大事，谈童年时期的趣事。刘文川谈这几年的经历，穆月桂就谈他们铁木厂发生的事，尤其是谈职工学习室的事，他们好像三天三夜也谈不完似的。第五天，厂里有一辆空车，李成均安排驾驶员把刘文川送了回去。

临走时，穆月桂早已泪眼婆娑了。

半个月过后，刘文川去学校报到。